KB114511

내일을 향해 쏴라

김형석 장편 소설

FUSION FANTASTIC STORY

내일을 향해 쏴라 18

김형석 장편 소설

초판 1쇄 찍은 날 § 2015년 12월 16일
초판 1쇄 펴낸 날 § 2015년 12월 23일

지은이 § 김형석
펴낸이 § 서경석

편집책임 § 박가연

펴낸곳 § 도서출판 청어람
등록번호 § 제387-1999-000006호
등록일자 § 1999. 5. 31
어람번호 § 제1-2316호

주소 § 경기도 부천시 원미구 부일로 483번길 40 서경B/D 3F (우) 14640
전화 § 032-656-4452 팩스 § 032-656-4453
http://www.chungeoram.com
E-mail § chungeorambook@daum.net

ISBN 979-11-04-90563-6 04810
ISBN 979-11-316-9142-7 (세트)

내일을 향해 쏴라

18

김형석 장편 소설

FUSION FANTASTIC STORY

내일을 향해 쏴라

Contents

Chapter 1

1

“저 기억나시나 봐요?”

도모에가 미소를 머금는다.

수는 아직도 기억이 생생하다.

그녀와는 슈퍼스타Z 자진 하차 이후 준의 빚을 갚기 위해서 일일 가이드를 뛰던 때 만난 기억이 있다.

‘어떻게 잊어? 내가 그날 유혹을 뿌린 걸 두고두고 얼마나 후회했는데…….’

대전 유성호텔 라운지에서 와인을 한잔하고 방으로 올라간 도모에는 노골적으로 수를 유혹했었다. 안 그래도 혈기왕

성할 시기인데, 도모에쯤 되는 미녀가 유혹을 하니 버텨내기가 쉽지 않았었다.

그다음 날, 도모에가 사라진 걸 알게 된 뒤 어찌나 아쉽던지. 아직 철이 덜 들고 속물적인 근성이 남아 있었던 시기였다.

"그럼요. 참 인연이란 게 묘하네요. 이런 데서 다 만나고."

수도 반가움을 숨기지 않으며 악수를 주고받았다.

사람 인연이라는 게 참 묘하다. 다시는 볼 일이 없을 줄 알았던 그녀를 이런 곳에서 마주치게 될 줄은 꿈에도 예상하지 못했다.

그러고 보니 궁금증이 들었다.

왜 하필 여기서 이렇게 딱 마주친 걸까?

꼭 우연을 가장한 필연인 것처럼.

"혹시 오늘……."

"네, 저예요. 수 씨를 보자고 한 사람이요."

"……!"

수의 동공이 흔들렸다.

일본 쪽 야쿠자 자본을 기반으로 한 업체의 대표가 설마 도모에일 줄은 짐작조차 못 했다.

'그러면 야쿠자와 관련이 있다는 업체의 대표가 도모에야?'

눈으로 보고도 쉬이 믿기지 않는다.

다시 도모에를 응시했다.

도도한 분위기와 이미지는 있지만 야쿠자 쪽과는 거리가 멀어 보인다.

수는 속으로 피식 웃었다. 자조적인 웃음이다.

그가 도모에에 대해서 뭘 안다고?

꼭해야 가이드를 위해 하루를 같이 있었을 뿐이다. 수십 년을 살아온 인간의 본질을 이해하기엔 턱없이 부족한 시간이다.

'다른 건 모르겠고, 그날 유혹에 넘어갔으면…… 줄초상 치를 뻔했을지도 모르겠네.'

혹시라도 도모에를 건드렸으면 야쿠자의 표적이 되어 해코지를 당하지 않았을까 하는 생각에 수는 가슴을 쓸어내렸다.

도모에가 초승달처럼 눈을 휘며 웃었다.

고운 눈길 너머로 감출 수 없는 은은한 색기가 흘러나온다.

"불가에선 옷깃만 스쳐도 인연이라고 하잖아요. 불편한 자리인 건 알지만, 다시 절 만난 인연으로 좀 앉아 있다 가실래요?"

"그러죠."

도모에가 저렇게까지 말하니 수도 더는 거부할 수가 없

었다.

그녀의 말대로 정말 이렇게 다시 만난 것도 인연이라면 소홀히 여기는 건 옳지 않다고 생각됐다.

'식사나 같이하는 선에서 그칠 거야. 도모에 양한텐 미안하지만 엮이고 싶은 생각은 추호도 없어.'

지금의 수는 전성기를 구가하고 있었다.

그만큼 시기와 질투도 쏟아진다. 흠잡으려고 눈에 불을 켠 사람도 많다.

수가 철저하게 고은은을 감추는 이유도 그중 하나다.

야쿠자의 자본이라. 돈에는 색깔이 없다지만, 괜히 일을 잘못 벌여서 흠집 낼 수 있는 구실을 제공할 이유도 없기에 확실하게 선을 그을 생각이다.

세 사람이 자리에 앉았다.

최고급 코스요리를 음미하며 담화가 이어졌다.

"제가 결례를 범했네요. 대표님이 이리도 젊고 아름다우신 분일 줄은 몰랐습니다. 이럴 줄 알았으면 좀 더 빼입고 오는 건데."

장위안 대표가 사람 좋아 보이는 미소를 지으며 살살 비위를 맞췄다.

"그런 말 많이 들어요."

"저런! 솔직하시기까지. 근데 직접 뵈니 그럴 수밖에 없는 이유를 알 거 같습니다."

장위안 대표는 영업 미소와 접대용 멘트를 잊지 않았다.

도모에가 살포시 웃었다.

"무서운 건 그다음이더라고요."

"네?"

"돌아서서 속삭이는 거죠. 쟤는 뭘 해서 돈이 저렇게 많대? 상속녀인가? 부모 잘 만나는 랜덤 게임 승자야. 아! 요새 한국 말론 이런 경우를 다이아 수저라고 하던가요?"

"그, 그게……."

웬만해선 평정심을 잃지 않는 장위안 대표도 적잖이 당황했다.

그만큼 도모에의 화법은 직설적이었다.

거기에 여유로운 미소와 색기마저 잃지 않으니 그 분위기는 노련한 장위안 대표마저 압도할 정도로 대단했다.

"욕을 먹어도 면전에서 먹는 게 낫지, 뒤에서 수군거리는 거 싫더라고요. 그래서 요샌 그냥 대놓고 먼저 말해 버려요."

"뭘?"

"우리 할아버지, 아버지…… 큐슈 지방에서 잘나가는 야쿠자셨어요."

"……!"

"짐작하셨겠지만 제 돈의 출처는 그쪽이에요. 이건 부정할 수도, 바꿀 수도 없는 진실이죠."

도모에는 실오라기 하나 없이 자본의 출처에 대해서 공개했다. 이러한 사실이 거래나 협상에 불이익을 준다는 사실은 조금도 개의치 않아 보였다.

'대단한 솔직함인데?'

수도 놀랐다.

설마 이 정도까지 대놓고 자신의 치부를 보일 줄은 생각지 못했다.

도모에는 싱긋 웃었다.

"저 돈 많아요. 상상도 할 수 없을 만큼요."

"……."

"더 재밌는 건 그 돈을 언제든 쓸 준비가 되어 있다는 거예요."

얘기를 듣고 있다 보니 수도 좀 의아했다. 도대체 얼마나 많은 돈을 가지고 있기에 저렇게까지 자신이 넘칠 수가 있을지 궁금했다.

"그렇다고 뒤끝도 없어요. 조직은 와해된 지 오래예요. 저흰 이제 그쪽과 관련이 없어요. 남은 건 돈이 다예요. 사람들이 그러더라고요. 돈에는 색깔이 없다고."

"굉장히 심플하고도 임팩트 있는 소개네요."

웬만한 일엔 눈 하나 깜빡 않는 장위안 대표도 경악했다.

그만큼 도모에는 반발이나 의심의 여지 없이 첫 만남에서 압도를 해버렸다.

"어때요, 수 씨?"

도모에가 말없이 농어 요리를 먹고 있는 수를 지목했다.

"질문의 요지가?"

"다 아시면서 모르는 척하는 거 좋은 버릇 아닌데."

"……."

"그러면 친절하게 설명해 드리죠. 사업 얘기 말하는 거예요. 저랑 수 씨의, 동업에 대해서."

도모에는 동업이라는 두 글에 힘을 주어서 강조했다.

자신이 이 자리에 나와서 수와의 미팅을 마련한 이유는 사업적인 맥락이라는 걸 분명하게 밝히는 셈이다.

"동업이라…… 어감이 좋네요."

"어감만큼이나 결과도 좋을 거예요. 제가 보장하죠."

"보장이라, 그만한 근거가 있겠죠?"

"딱 세 개만 말씀드릴게요. 세계 최대 규모의 중국 시장, 저의 자본, 수 씨가 쌓아 올린 이미지. 동업이 실패할 수가 없는 이유죠."

도모에는 굉장히 적극적이었으며, 확고하게 말을 이었다. 거기에 미모와 여유로운 눈웃음까지 더해지자 대화를 나누고 있는 상대로 하여금 무조건 믿고 싶게 만드는 마력이 있었다.

그러나 수는 흔들리지 않았다.

그녀의 성공 확신이나 인연, 다 떠나서 사업은 전혀 별개의 이야기다. 좀 더 본질적인 것부터 짚고 넘어가야만 한다.

"죄송하지만, 너무 앞서가시네요."

"그렇게 생각해요?"

도모에가 웃으며 장위안 대표를 응시했다.

"저희가 보낸 포트폴리오 보셨나요?"

"……봤습니다."

장위안 대표가 끄덕였다.

도모에가 시선을 수에게 옮겼다.

"수 씨도 보셨나요?"

"아뇨."

"보셨다면 얘기가 빨랐을 텐데, 아쉽게 됐네요."

아쉽다고 말을 하고는 있지만 표정엔 여유로움이 넘실거린다.

"장위안 대표님."

"네?"

"포트폴리오 보셨으니 아시겠네요. 어떠셨어요?"

수가 시선을 돌렸다.

대략적인 사업의 맥락은 수도 안다. 하지만 구체적인 방안은 모른다.

야쿠자의 자본금이라는 얘기에 포트폴리오 자체를 거들떠도 보지 않은 까닭이다.

질문을 받고 차분하게 생각을 정리한 장위안 대표가 대답했다.

"제가 이제까지 살면서 본 포트폴리오 중 손에 꼽을 정도였습니다."

"손에 꼽을 정도라, 어떤 면에서죠?"

"완성도요. 시장조사, 수요, 공급, 추정 자금, 비전 등 제가 투자자라면 무리를 해서라도 투자를 하고 싶게 만들 만한 포트폴리오였습니다."

도모에가 빙긋 웃었다. 만족스러운 대답을 들어서다.

"들으셨나요, 수 씨?"

"듣긴 들었습니다만……."

수는 딱히 반응을 보이지 않았다.

수에게 중요한 건 돈이 아니다.

물론 돈도 싫지 않았다. 다다익선이라고 수가 추진하는 복지재단 사업에도 큰 도움이 될 수 있다.

다만, 위험을 감수하고 싶지 않다는 의미다.

도모에는 수의 우려를 짐작한다는 듯이 말을 이었다.

"수 씨가 우려하는 게 뭔지 알아요."

"……."

"옳지 않은 돈, 그릇된 돈, 검은 돈, 야쿠자의 돈이란 게 걸리는 거죠. 그 돈의 출처가 수 씨의 이미지에 타격이 갈 수도 있고. 제 말이 틀렸나요?"

단도직입적으로 도모에가 물었다.

수도 대답을 피하지 않았다.

"맞아요. 제가 우려하는 부분이 맞습니다."

"역시. 그래서 준비한 게 있습니다."

"준비?"

도모에가 메고 있던 명품 가방에서 파일철을 꺼내 내밀었다.

"직접 눈으로 보세요."

수가 받아서 펼쳤다. 옆에 있던 장위안 대표도 곁눈질로 내용을 힐끗 보았다.

일목요연하게 정리된 내용을 확인해 가던 수의 눈이 커졌다.

"기부 내역이에요."

"이걸 전부 다 기부했다고요?"

뻔히 눈으로 보면서도 믿기지 않는 듯 수가 되물었다. 아니, 묻지 않을 수 없었다.

'어마어마한 액수야. 무려 40억이 넘어.'

정확한 액수는 아니다. 하나 눈대중으로 더한 것만 해도 최소 그 정도 액수는 되고도 남음이다.

"뒤쪽을 보세요. 기부 증명원과 영수증도 첨부해 뒀으니까."

수가 뒤로 넘겨서 확인했다.

있다.

인장도 떡하니 찍혀 있다.

가짜라고 의심해 볼 법도 하지만, 중국에서 이런 식의 문서 조작은 사형에도 처해질 수 있는 사안인 만큼 거짓이라고 보긴 어렵다. 또 확인하려면 금방 확인도 가능한 일이니 굳이 꾸며낼 이유가 없다.

"이제 믿기시죠?"

도모에가 고개를 들어 수의 눈을 직시했다. 미소도 짓지 않는다.

지금까지 보여준 웃음기는 온데간데없이 사라지고 더 없이 진지한 눈을 하고 있다.

"자, 이젠 말할 때가 됐네요."

"……."

"수 씨, 정식으로 제의할게요. 전 이수 씨와 동업을 하고 싶어요. 같이하실래요?"

2

수는 말을 아꼈다.

달콤한 제안임에는 틀림없지만 쉽게 대답할 사안이 아니라고 여겼다.

'신중해야 해. 도모에 양과 안면이 있다고는 하지만 그게 다야. 난 그녀에 대해 전혀 알지 못해.'

옷깃만 스쳐도 인연이라고들 한다. 하나 그 인연이란 말에 깜빡 넘어가 경솔한 선택을 초래할 위험도 있는 법이다.

수는 신중하게 생각해야 한다고 여겼다.

"저런! 코스는 요리가 나왔을 때 바로 먹는 게 묘미인데 손도 못 댔네요."

수가 바로 대답을 주지 않고 말을 돌렸다. 그러자 도모에가 옅게 웃었다.

"대답을 주시고 드시는 편이 낫지 않겠어요?"

"너무 급하시다. 이 식사 자리가 끝날 때까진 생각을 해도 늦지 않을 거 같은데요."

수도 지지 않고 웃어 보였다.

잠시 서로의 시선이 허공에서 부딪친 가운데 도모에가 미소를 지으며 한발 물러섰다. 한 번도 손을 대지 않은 젓가락을 쥐더니 도미 살 한 점을 집어서 오물거렸다.

"나쁘지 않네요."

스시의 본고장이라고 할 수 있는 일본에서 자란 도모에다. 칭찬이라고 하기엔 애매한 표현이었지만, 어려서부터 최고급 스시와 사시미를 먹고 자랐을 그녀의 인색함을 감안하면 충분히 먹을 만하다는 의미였다.

"그죠?"

"네, 근데 제 입에는 안 맞네요."

도모에가 젓가락을 놓더니 가방 안에서 파일철을 꺼냈다. 앞서 기부 명단과 영수증이 있는 것과는 전혀 다른 것이다.

그중 앞에 있던 서류를 꺼내 건넸다.

"드시면서 보세요."

"……이런 거 보면 체하는데."

"부담 갖지 말고 보세요. 우리 쪽 PR이라고 생각해 주면 되겠네요."

싱긋 웃고 있지만 도모에는 만만하지 않았다. 수에게 한마디도 지지 않는 것은 물론이거니와 거래의 성사를 위한 노력도 내비쳤다.

결국 수는 졌다는 듯이 고개를 흔들며 서류를 건네받았다.

졸지에 마음 편한 식사는 물 건너 가버리고 말았다.

'여기 남을 때부터 정해진 일이지.'

상관없다. 음식이야 차후에 먹어도 문제될 게 없으니까.

시선을 옮겨 서류를 훑어 내려가던 수의 눈에 힘이 들어갔다.

"……!"

이건 홍콩은행에 근무 중인 애널리스트들이 작성한 기업 분석서였다.

'그것도 비공식 문서야.'

기업의 향후 가치를 매기는 문서로 알려져 있지만, 본격적인 사업을 하지 않고 있는 업체를 대상으로 평가한 건 굉장히 이례적이었다.

개중에서도 눈길을 끄는 문구가 몇몇 있었다.

—유동성 자금을 감안할 때, 향후 기업을 인수할 수 있는 M&A나 해지펀드의 전환이 높다.

—현 상해에서 가장 눈여겨봐야 할 업체이며, 보유 현금을 감안하면 꼭 지속적인 거래를 유지해야 한다.

그중에서도 수가 가장 주목한 부분은 따로 있었다.

—추정 자산은 대략 천억 원 안팎. 파악되지 않은 규모가 추정 자산을 훨씬 넘지 않을까 추측한다.

수는 할 말을 잃었다.

엄청난 자본을 지녔다는 건 짐작했지만 이 정도일 줄은 꿈에도 생각지 못했다.

'밑도 끝도 없는 자신감이 이 돈이었나?'

수가 애써 뛰는 가슴을 감추곤 아무렇지 않게 말을 꺼냈다.

"비공개 자료인데 용케 구하셨네요?"

"그야 일도 아니죠."

굉장히 쉽게 얘기한다. 뭔가 끈이 있다는 얘기로밖에 들리지 않는다.

"인맥이 굉장히 넓으신가 보군요."

"인맥이 넓은 건 사실인데, 홍콩은행의 일개 애널리스트와 알고 지내진 않아요. 제가 주로 상대하는 인사들은 그 위거든요."

"그럼 이건?"

"돈 앞에 누구나 양심을 팔게 마련이죠."

"……!"

즉, 홍콩은행에 근무하는 애널리스트 중 누군가가 돈에 혹해서 비공개 기업분석자료를 넘겼다는 이야기가 된다.

"돈이 참 많으신가 보네요."

"부러우세요?"

"아뇨. 저도 넘치는 건 아니지만 부족하진 않아요."

진심이다.

도모에는 천문학적인 액수를 보여주며 함께하자고 동업을 제시했지만, 수가 혹하지 않는 이유가 바로 거기에 있었다.

'돈보다 더 소중한 게 있어.'

수는 가족을 떠올렸다. 또 고은은과 태어나게 될 아이도 떠올렸다.

욕망에 혹해 섣부른 판단을 내릴 수 있음에도 심사숙고하여 결정을 하게 만드는 원동력이 된다.

"이제 대답을 드리겠습니다."

수가 찻물로 입안을 헹궜다.

도모에는 여유로운 눈길로 말을 기다렸다.

오히려 더 긴장한 듯 숨을 죽인 채 수를 빤히 보고 있는 건 장위안 대표였다.

"지금 대답은 어려울 거 같네요. 생각할 시간을 좀 더 주세요."

수가 너무도 천연덕스럽게 얘기하자 장위안 대표가 긴장이 풀린 듯 숨을 크게 뱉었다.

건너편에 앉아 있는 도모에는 어느 정도 수의 대답을 짐작하고 있었던 듯 특유의 눈웃음을 유지한 채 말을 받았다.

"좋아요. 대신, 기간은 제가 정해도 되죠?"

"너무 빠르면 곤란해요."

"설마요. 저야 확신이 있으니 강하게 밀어붙였지만 그 정도로 인내심 없는 여자는 아닙니다."

도모에가 검지를 쭉 펴 보였다.

희고 가는 손가락이 그녀의 매혹적인 분위기와 더없이 잘 어울리게 느껴졌다.

"하루?"

설마 그러겠어 하는 기분으로 수가 말을 던졌다.

도모에가 손가락을 절레절레 흔들었다.

"열흘이요. 그 정도 시간이면 괜찮겠죠?"

"네, 그 정도면 충분합니다."

수도 응했다.

열흘이면 어떠한 결정을 내려도 충분할 시간이니까.

'아무래도 도움을 청하는 편이 낫겠지.'

수의 뇌리에 한 사람이 떠올랐다.

중국 최대 IT그룹의 상속녀이자 수에 죽고 못 사는 사람들이 모인 팬클럽의 부회장.

지금은 수를 도와서 란커그룹을 살리기 위해 팬클럽 회원들을 규합한 그녀라면 수가 현명한 선택을 할 수 있게 도와줄 것이다.

'류시시 양이라면 분명 도움이 될 거야.'

어느새 수는 많은 부분에서 그녀에게 의지하고 있었다.

물론 주옥같은 도움임에 틀림이 없다. 다만, 그로 인해 희생을 해야 할 측면도 분명히 있었다.

'셀카 사진이나 개인적인 선물을 미리 줘야지. 저번처럼 도와준 대가로 나체 사진을 요구하기 하기라도 하면 곤란하니까.'

그래, 세상에 쉽게 얻을 수 있는 건 없다.

거래의 기본은 등가교환이니까.

3

수에게 작별을 고한 도모에가 최고급 외제 차에 올라탔다. 수행비서로 보이는 젊은 남자들이 그녀를 에스코트하며 함께 이동했다.

"원하시는 답변은 들으셨는지?"

앞좌석에 앉아 있던 젊은 사내가 고개를 반쯤 돌리며 말을 걸었다.

작년에 한국을 찾았던 도모에를 몰래 따라와 일본 야쿠자 조직의 전쟁을 알리고 그녀를 중국으로 피신시켰던 인물이다.

"그러고 보면 사이토 아저씨는 참을성이 없는 거 같아. 나 아직 숨도 안 돌렸어."

"죄송합니다."

서른 중반에 표정으로는 좀처럼 속마음을 짐작할 수 없는 그의 이름은 사이토였다. 그는 죽은 오야붕을 대신하여 유일하게 도모에의 곁에 남았다.

죽을 때까지 그녀를 지키는 게 마지막 남은 사명이라고 여기는 그는 현재 와해된 조직이 남긴 자금의 관리도 도맡고 있다.

도모에가 시선을 차창 밖으로 돌렸다.

"원하는 대답은 못 얻었어."

"거절한 겁니까?"

사이토가 의외라는 표정을 지었다.

준비해 간 자료만 보더라도 거부하기 힘들었을 것이다. 근데도 원하는 대답을 듣지 못했다고 하니 적지 않게 놀라웠다.

"또 앞서가. 거절은 아니야. 그냥 좀 더 생각할 시간을 달래."

"아! 그렇군요."

도모에는 피식 웃었다.

늘 이런 식이다.

열혈 기질을 타고난 사이토를 이런 식의 언어유희로 늘 놀리는 맛이 쏠쏠하다.

사이토도 그걸 알면서도 당한다.

와해된 조직의 유일한 생존자인 두 사람이다. 서로 마음을 터놓고 지낼 수 있는 사이다 보니 이런 농담을 주고받을 만큼 유대감도 강했다.

"어떻게, 받아들일 것 같습니까?"

"아직은 잘 모르겠어."

"모르겠다고요?"

사이토의 목소리가 살짝 올라갔다.

백미러를 통해서 보니 도모에가 차창 밖에서 시선을 떼지 못하고 있었다. 가까이서 오랜 시간 모신 만큼 지금 그녀의 심리도 어느 정도 짐작했다.

'거절당할 가능성도 있다고 생각하고 계셔.'

설마 했는데, 진짜 수가 거절할 수도 있다고 생각하니 헛웃음이 나왔다.

그가 수의 입장이라면 돈을 쓸어 담을 수 있는 이번 기회를 마다할 이유가 없는 까닭이다.

'웬만하면 받아들이면 좋겠는데…… 아가씨를 위해서라도 그편이 낫고.'

전쟁이 선포된 이후 도모에는 일본으로 돌아가지 못했다. 전쟁에서 패하고 오야붕인 아버지가 죽었다는 소식을 접했을 뿐, 시신은커녕 유골조차 보지 못했다. 장례식에 참여 못한 것도 당연하다.

그런 도모에가 엄마의 땅 한국에서 하루를 머물며 수와 보낸 시간은 꽤나 뜻깊었다고 한다.

슈퍼스타Z의 자진 하차 이후로 일일 가이드를 할 정도로 위상이 바닥까지 떨어졌던 수다. 그랬던 수가 프로 바둑기사로 성공하고, 연이어 중화권 최고 가수로 우뚝 올라서는 모습은 도모에에게 적지 않은 인상을 주었다.

'아가씨께선 수의 성공을 보며 많은 걸 느꼈지.'

달라져 가는 수를 지켜보며, 도모에 또한 변했다. 수를 보며 살아야 할 이유와 의욕을 찾았다.

마음가짐이 달라지자 도모에는 적극적으로 움직였다. 먼저 조직이 관리하던 비자금과 또 사업체, 채권, 건물 등을 정리했다. 이런 사태를 대비해 변호사를 통해 어느 때든 유동 가능한 자산으로 만들어뒀기에 마음만 먹는다면 어렵지 않았다.

막대한 부를 손에 쥔 도모에는 상해의 정재계 인물들과 만남을 가지며 영향력을 키웠다. 또 검은 돈이라는 인식을 날려버리기 위해 기부 활동도 적극적으로 펼치며 인식의 변화를 가져왔다.

그렇게 도모에는 변했다.

그녀가 말한 수와의 작은 인연.

그 작은 인연으로 말미암아 그녀의 인생이 이렇게 바뀐 것이다.

"꼭 계약서에 서명할 겁니다."

"그랬으면 좋겠네요."

도모에가 낮게 대답을 했다.

대화는 거기까지다. 이제 할 수 있는 건 다 했다. 남은 건 수의 대답을 기다리는 것뿐이다.

Chapter 2

1

탁!

적막하던 방 안 가득 바둑돌 놓이는 소리가 울려 퍼진다.

급소다.

고요함 속에 감춰져 있던 팽팽함이라는 저울이 깨져 버렸다.

그야말로 사면초가다.

흑의 대마는 완생이 보이질 않는다.

아니, 살 수는 있지만 그로 인해서 입게 될 손해가 극심하다. 대마는 겨우 호흡기를 붙일 수 있겠지만, 전체적인 판은 뒤집을 수 없는 지경에 이를 게 자명하다.

달그닥, 달그닥.

머리를 쥐어짜내도 답이 보이질 않는다.

고민 끝에 내린 결론은 돌을 던지는 것이었다.

"……졌어요."

고운 미성이다. 또 듣고 싶을 만큼 가늘면서도 사근사근하다.

하나 그녀를 가까이서 아는 사람이라면 그 목소리에 담긴 감정을 읽을 수 있을 것이다. 상대가 누구든 간에 지는 걸 죽기보다 싫어하는 그녀였기에 그 이면에 깔린 분함을 짐작하고 눈치를 살필 것이다.

수도 그런 사람 중 한 명이었다.

"잘 뒀습니다."

예의를 갖추면서도 슬슬 고은은의 반응을 살폈다.

한 이불을 덮고 자는 부부나 다름없었지만 바둑판을 사이에 두고 앉으면 고은은은 돌변한다. 그녀가 보여주던 거침없는 전투 바둑 기풍처럼 사사로운 정은 다 잊은 채 오로지 승리를 위해 갈구하는 무사가 된다.

'하! 이거 꼭 살얼음판에 앉아 있는 기분이야. 일부러 져줄 수도 없고. 으으!'

오늘 대국은 내일부터 예정된 국가대표 선발전에 앞서서

수의 실전 감각을 유지시켜 주고자 둔 것이다. 즉, 먼저 대국을 두자고 한 것도 고은은이다.

'……두고 싶지 않았는데.'

아까 전, 한 수 두자는 그녀의 말에 수는 석상마냥 굳어버렸었다. 왜냐하면, 그녀와의 대국이 항상 좋지 않게 끝맺는 걸 아는 까닭이다.

처음엔 현역으로 활동하는 수가 더 강함에도 불구하고 고은은이 불같은 승부욕을 이기지 못해서 그런다고 생각했다.

그런데 그게 아니었다.

프로 바둑기사로서의 활동이 제한되면서 내재된 바둑에 관한 욕구를 풀 수 없게 되었을 때부터 시작된 일로 짐작됐다.

그러다가 최근 들어서는 바둑을 둔 뒤 기분이 상하는 그 강도가 더욱 강해졌다.

아무렇지 않은 듯 지내고 있지만 고은은은 많은 걸 희생했다.

'외출도 편치 않고, 늘 본가에만 갇혀 지내야 하니 창살 없는 감옥 같았을 거야. 스트레스가 이만저만이 아니겠지. 이해해.'

란커그룹 경영에도 관심을 주지 않을 만큼 바둑을 좋아하고 바둑에 열중했던 그녀다. 그랬던 그녀가 임신을 하게 되며 본의 아니게 감금과도 같은 생활을 하게 되었으니 더 예민해질 수밖에 없었다.

그러다 보니 이렇게 대국이 끝나고 나면 수는 자연히 긴장하게 됐다.

"괘, 괜찮아요?"

"……."

"좌하귀 싸움이 좀 아쉬웠어요. 여기서 차라리 위로 젖혔으면 세력 싸움에서도 유리했을 텐데."

수가 눈치를 슬슬 살피며 패착이 될 수 있는 중반 포석을 복기했다.

묵묵히 얘기를 듣고 있던 고은은이 턱 끝까지 참고 있던 긴 한숨을 토해냈다.

"하아!"

"왜 그래요?"

수가 슬그머니 물었다.

"역시, 바둑은 태교에 안 좋은 거 같아요. 제 자신이 잘 컨트롤이 안 되네요."

"그, 그래요?"

고은은은 스스로 마인드컨트롤을 한 듯 한결 표정이 나아졌다.

그러나 눈 속에 이글거리는 승부욕의 잔재는 완전히 가시지 않았다. 애초에 저 투쟁심이 그녀가 프로 바둑기사로 활동할 수 있는 원동력인 만큼 지울 수는 없었다.

다만, 수가 걱정되는 건 따로 있었다.

'우리 애한텐 영향이 가면 안 되는데…….'

문득 이럴 거면 차라리 져주는 게 낫지 않을까 하는 생각도 들었다.

'아니야, 그랬다가 걸리기라도 하면…… 생각하기도 싫다. 자길 무시했냐고 걸고넘어지면 난 밤새 말라 죽고 말 거야.'

수는 시간이 흐를수록 조금씩 여자를 이해하게 됐다.

평소엔 더없이 남자를 이해하고 내조해 주는 현모양처임에도 아주 작고 사소한 말실수에도 호환마마처럼 변할 수 있는 게 여자임을 깨달았다.

그때였다.

지이잉! 지이잉!

한 줄기의 구세주가 되어줄지도 모를 휴대전화 벨소리가 울렸다. 진동이 한 번에 끊기지 않는 걸로 봐선 전화인 듯싶다.

수가 힐끗 액정을 확인했다.

—류시시.

상해에서 걸려온 전화다. 아무래도 수가 부탁했던 일과 관련하여 의논할 내용이 있어 전화를 한 것 같다.

수가 조심스럽게 의중을 물었다.

"저 은은 씨, 잠시 전화 좀 받고 올게요."

"여자예요?"

"네? 여자가 맞긴 한데 비즈니스 때문에……."

고은은 토라졌다.

"그냥 물어본 거예요."

"……."

"신경 쓰지 말고 나가서 전화 받으세요."

수가 바싹 긴장했다.

고은은은 많은 말을 하지 않았다. 발신자를 정확하게 지칭해서 가리킨 것도 아니다. 인간의 성별 중 남자와 여자 중 후자인 여자를 지목했을 뿐이다.

'빨리 끊고 안 들어오면 큰일 나겠다.'

수의 몸이 기억하고 있는 위험경보가 울렸다.

임신을 하게 되면 여자가 극도로 예민해진다는 말을 들은 기억이 있다. 피해 의식 때문이라던가?

더구나 남편이란 작자는 그런 아내와 같이 있는 시간도 적다. 티를 안 내려고 하지만 수를 향한 감정이 본인도 의식하지 못한 사이에 튀어나오는 건 어쩔 수가 없을 것이다.

수는 그리하겠다고 말하고 방을 나섰다.

거실을 지나쳐 테라스로 나간 수가 전화를 받았다.

"여보세요."

수화기 너머에서 톤이 업된 류시시의 밝은 목소리가 들렸다.

—저예요, 쇼우 오빠!

"저도 압니다."

—에이, 좀 더 살갑게 대해주시지. 나 고생했는데.

"수고했어요."

—무뚝뚝한 게 매력이라니까. 말씀하신 업체 알아봤어요. 거기 장난 아니던데요? 저도 저번 파티 때 본 적 있는 사람이더라고요. 대표가 일본하고 한국계 여자 도모에 맞죠?

류시시를 통해서 도모에의 이름이 나왔다 수는 정확하게 조사해 주었음을 알고 믿음을 갖게 됐다.

"네, 맞아요."

—요새 상해 사교계에서 아주 핫한 인물이에요. 돈을 쥐고 어디다 풀지 고민하는? 근데 쉽게 안 푼대요. 맛만 보는 중이랄까? 그 때문에 투자받으려는 기업들이 안달이 났어요.

"자금의 출처는?"

—야쿠자 쪽이 맞아요. 근데 문제될 건 없어 보였어요. 돈에는 이념이나 죄질이 없잖아요? 또 기부 활동도 꾸준히 해서

그런지 중화권 기사에도 많이 나와서 대중의 인식도 나쁘지 않아요. 본인도 부모가 야쿠자였던 걸 숨기지 않고요.

수는 테라스 밖, 네온사인으로 화려한 서울의 야경을 보며 생각에 잠겼다.

우려와는 달리 도모에는 상해 정재계에서 꽤나 유력 인물로 평가받는 모양이다. 특히 언론 관리와 고위급 인사들과의 교분으로 본인의 맹점이 될 수도 있는 돈의 출처를 완벽하게 커버 치려는 인상이 강했다.

—일단요, 자세한 건 좀 더 알아볼게요. 다음 주에 저 한국 들어갈 거니까 그때 만나서 얘기해요. 어쩌면 란커그룹과 엮어서 잘 풀릴 수도 있을지 몰라요.

"란커그룹까지요? 뾰족한 방법이 있는 겁니까?"

좀처럼 평정심을 잃지 않은 수가 살짝 상기된 어조로 물었다.

—아직 확실한 건 아니에요. 근데 느낌이 나쁘지 않아요. 좀만 기다려 주세요.

"……잘 부탁드려요. 제가 류시시 양만 믿는 거 알고 계시죠?"

수가 살짝 굽히며 맞춰주자 수화기 너머에서 웃음소리가 들렸다. 기쁨을 감추지 못하고 입을 막은 채 낄낄거리던 그녀의 웃음이 흘러나온 것이다.

―에헴. 그래도 맨입으로 안 되는 건 아시죠? 저 선물 주세요. 진짜 고생 많이 했다고요.

"네, 드리겠습니다."

―진짜요? 그러면 선물을 제가 고를게요!

"그건 안 됩니다."

―네? 왜요! 제가 고를래요. 나 갖고 싶은 거 있어요. 막 샤워하고 난 뒤 휴대전화로 촬영한 셀카 한 장이면 충분해요! 단, 얼굴은 나오게!

"……선물을 제가 따로 주문하겠습니다. 이만."

뚝!

더 이상 얘기를 나누면 피곤해질 거라 짐작한 수가 일방적으로 전화를 끊었다. 고생을 해주는 그녀의 심정은 알지만 괜한 분란을 만들 이유가 있는 선물은 피하는 게 상책이니까.

2

국가대표 선발전.

사전에 선발된 한국프로바둑기사 랭킹 1위부터 5위까지 총 다섯 명을 제외한 추가 엔트리 한 명을 선발하기 위한 시합이다.

인천 아시안게임 바둑 부문은 개인전과 단체전으로 구성

된다.

개인전은 각 국가별로 단 한 명의 참가자만이 참가 가능하다.

즉, 해당 국가별로 출전한 단 한 명의 기사들이 토너먼트를 벌여 매달 쟁탈전을 벌이는 것이다.

그 외 다섯 명은 단체전에 출전한다.

여기에 또 이번에 바뀐 인천 아시안게임 종목 바둑의 묘미가 있다.

승자연전방식.

아시안게임 최초로 도입된 이 방식은 세계기전 성적이 최근 4년간 가장 우수했던 한국, 중국, 일본만이 참가할 수 있다.

즉, 예선 방식으로 집계된 포인트 덕에 단체전 참가만으로도 최소 동메달은 획득한 셈이다.

여기서 승자연전방식에 대해 설명을 하자면 한중일 3국이 5명씩 조를 이루어서 출전하게 된다.

그다음 추첨에서 정해진 한국 기사와 중국 기사가 맞대결을 펼치게 된다.

여기서 한국 기사가 승리할 경우 다음 일본 기사가 나서서 승자와 두게 된다.

만약 두 번째 대국에서도 한국 기사가 승리할 경우 다음 중국 기사가 출전하게 된다.

즉, 결국은 한중일 모든 기사 중 한 명이라도 살아남은 국가가 금메달을 차지하는 방식이다.

이 방식의 진짜 묘미는 바로 올킬과 역올킬에 있다.

국가 팀원 네 명이 앞서 패배해서 탈락을 했더라도, 마지막 주자의 기사가 나서서 전승을 할 경우 금메달을 손에 쥘 수가 있는 까닭이다.

"다 왔군."

수가 세단에서 내려서 눈앞의 건물을 올려다봤다.

한국기원.

기사가 되기 이전부터 각종 기전에 참가하기 위해 이곳을 찾았지만 오늘은 평소와 기분이 달랐다. 마음가짐에 있어 더 긴장되고 간절함이 뭉클거렸다.

국가대표!

가슴이 짊어지게 될 태극마크를 향한 간절함과 욕심이 수의 피를 뜨겁게 달궜다. 수는 이 흥분을 즐기듯이 입술을 핥았다.

"가볼까? 태극마크를 달러."

3

한국기원 대국실은 의외로 조용하다.

주로 기전 예선이 치러지는 이곳은 늘 기사들로 북적거렸었다. 그걸 생각하면 오늘은 굉장히 이례적인 모습이다.

오늘 국가대표 선발전에 참가할 기사의 수가 적은 까닭이다. 오늘 참가자는 프로 기사 랭킹 6위부터 10위까지 랭크된 다섯 명의 기사와 한국기원의 특별 추천을 받은 수가 다였다.

'저 두 사람인가?'

수는 대국실에 들어서자마자 한 남자를 주목했다.

'박동찬 6단.'

오늘 가장 경계해야 할 대상 1호였다.

그는 깡마른 체구 때문인지 멀대 같다는 인상을 강하게 주었다. 거기에 쭉 찢어져서 날카로운 눈매까지 더해지자 쉽게 말을 붙이기 어려울 만큼 차가워 보였다.

수와 박동찬 6단은 공식기전에서 맞붙은 적이 없다. 아니, 한국프로바둑리그에서 부딪치긴 했지만 대장으로 출전한 수와 일장으로 출전한 박동찬 6단의 대국은 성사되지 못했다.

'실력은 뛰어나나, 지지리도 세계기전과 인연이 없는 기사.'

수는 한마디로 그를 정의했다.

박동찬 6단은 무려 두 차례나 국내기전 타이틀을 따낸 경험이 있다. 그 외에도 국내기전 준우승, 3위 등 그 이력만 보면 동시대 때 입단하여 활동을 시작한 어떤 기사와 비교해도 화려하다. 소위 말하는 엘리트 기사의 기준에 들 성적이다.

그러나 그는 세계기전과 인연이 없었다.

유독 일본이나 중국 기사들만 만나면 맥을 못 췄다. 세계기전 최고 기록이 2년 전에 있었던 기왕전 16강 진출이 다다.

수의 시선이 슬쩍 우측으로 향했다.

음료를 마시면서 수다를 떨고 있는 기사가 보인다.

수보다 너댓 살쯤 더 많아 보이는 그는 평범한 후드에 청바지를 입고 있었다. 안경을 쓰고 있었는데, 작은 눈의 매서움을 완화시켜 주는 효과가 있었다.

'양홍준 9단.'

이미 수와 교류 중인 원성진 4단과 목준석 9단도 박동찬 6단과 더불어서 그를 조심하라며 조언했다.

특히 최근 양홍준 9단의 기세가 대단했다. 얼마 전엔 국내기전 타이틀을 따냈으며 누구보다 아시안게임 참가에 대한 의지도 강하다.

'그놈의 군대가 뭔지.'

그래.

박동찬 6단과 양홍준 9단이 아시안게임에 집착하는 이유는 바로 군 복무 때문이다.

그들은 이미 군 복무를 마친 수와 달리 프로 바둑기사 활동에 치명적인 타격을 주는 군 복무를 대체하기 위한 아시안게임 메달이 꼭 필요했다.

"왔어요?"

그런 수를 보며 누군가 반갑게 말을 걸어왔다. 놀랍게도 김수진 기자였다.

"어? 기자님이 여길 왜?"

"왜긴요, 취재하러 왔죠."

"휴직이라지 않으셨어요?"

"바둑 기자가 워낙 적잖아요. 급하게 지원 나왔어요. 근데 기자님이 뭐예요. 편하게 형수님이라고 부르라니까."

김수진 기자의 지적에 수가 어색하게 웃으며 대답했다.

"입에 잘 안 붙네요, 그 형수님이라는 말."

"남들은 잘하는데 혼자만 그래. 오늘 컨디션은 어때요?"

"보다시피 최곱니다."

김수진 기자가 안타까운 표정을 지었다.

"안 좋은 소식이네요."

"네?"

"수 씨 말고요. 저쪽 다른 기사분들한테요."

슬쩍 시선으로 건너편에 있는 국가대표 선발전에 참가한 기사들을 가리켰다.

어째서인지 수를 보고서도 그들 누구도 와서 말을 걸어오지 않는다. 이미 그들끼린 친목이 있고 알고 지낸 사이인 듯 가깝게 어울려 떠들으면서도 수는 투명 인간처럼 없는 사람 취급을 한다.

"저 미움받는 거 같은데요?"

"저쪽 기사분들도 상황이 급하거든요. 제가 알기로 박동찬 6단이랑 양홍준 9단은 영장까지 나와서 더 미룰 수도 없대요."

"……끌려가기 직전이군요."

"안 끌려가려면 오늘 수 씨를 이겨야겠죠?"

수는 멋쩍게 웃었다.

저들의 간절함은 수도 잘 안다. 한때 수도 군대 가기가 죽기보다 싫었던 시절이 있었으니까.

'그래도 이건 아니지. 누구는 전방에 끌려가서 뺑이 쳤는데.'

남자들 세계에서 군대는 자부심인 한편 피해 의식도 생긴다. 수 역시 예비역의 입장에서 저들이 탐탁지 않아 보였다.

"아시다시피 저 호락호락하지 않아서요. 간절함은 알겠지만, 국가대표를 달 이유가 군 복무 때문이라면 더 지기 싫네요."

"그런 의미에서 짧게 인터뷰 대답 하나 해주시죠."

"뭔데요?"

"결혼식 때 은은이랑 같이 올 거예요?"

"……사적인 질문을 할 자리는 아닌 거 같은데요."

김수진 기자가 입꼬리를 올리며 웃었다.

"저한테는 중요한 문제예요. 부케를 건네야 하는데, 기왕이면 조만간 드레스 입을 친구한테 주는 게 보기 좋잖아요?"

"다른 친구분에게 주세요. 사정이 있어서 함께 못 갈지도 몰라요."

"그래요? 아쉽게 됐네. 줄 애도 없는데."

"……."

더 아쉬운 건 수다. 따지고 보면 원성진 4단 김수진 기자 커플보다 몇 개월이나 빨리 속도위반을 한 케이스다. 훈계를 해도 될 만큼 선배인 입장이다.

근데 티를 낼 수가 없다. 오히려 철저하게 감춰야 했다.

고은은도 혹여나 결혼식에 갔다가 관계가 들킬까 봐 몸을 사렸다.

'감추는 것도 짜증 나. 확 밝혀 버려?'

잠시 그런 충동이 일었지만 수는 차분하게 가라앉혔다.

언젠가 밝힐 것이다.

그러나 그때가 지금은 아니다.

중화권에서 수의 인기와 팬심도 고려해야 한다. 더 나아가서 처가댁에 허락을 받고 무너져 가는 란커그룹에 도움을 주기 위해서라도 시기의 조율이 필요하다.

짧은 담화를 끝으로 국가대표 선발전에 참가하는 기사들이 소집됐다. 일렬로 선 그들 앞으로 한국기원 직원과 감수를 맡을 안영한 9단이 다가왔다.

"아시다시피 토너먼트로 진행할 것이고 대진은 추첨으로 결정합니다. 동등한 입장에서 진행이 되는 만큼 A조와 B조에 속할 경우 총 3승을 해야 선발이 되고, 부전승조에 속할 경우 2승만 해도 선발이 됩니다. 이견 없습니까?"

"없습니다."

"그러면 바로 추첨하겠습니다. 한 분씩 나와서 통 속에서 뽑아주세요."

순서대로 앞으로 나가서 안이 보이지 않는 통에 손을 집어넣었다. 심사숙고 끝에 손끝에 걸리는 공 중에 하나를 꺼냈다.

'부전승이면 좋고, 아니어도 상관없고.'

차례가 된 수는 마음을 비우고 아무런 공이나 집어 들었다.

어차피 부전승이 아니더라도 이기면 그만이다. 세 판 연속 두는 까닭에 체력적인 부담을 안을 수는 있지만 그 역시 감수할 생각이었다.

"아직 확인하지 마시고요. 전부 다 뽑으셨으면 뒤로 물러나 주세요."

박동찬 6단을 끝으로 추첨이 끝이 났다.

책임자 격인 안영한 9단이 통을 확인했다. 혹여라도 문제가 될 소지가 있는지 한 번 더 확인한 것이다. 다행히 큰 문제가 될 건 없어 보였다.

"뚜껑을 열어서 확인해 주세요."

수가 공을 돌려서 열었다. 안에는 숫자가 적힌 색지가 들어 있었다. 수의 손에 들린 종이에 적힌 번호는 5번이었다.

'잠깐, 5번이면?'

옆에 비치되어 있는 대진표로 고개를 돌렸다.

1번부터 6번까지 나열된 번호 순서대로 대진이 짜여 있었다.

A조인 1번과 2번이 B조인 3번과 4번이 각각 붙는다. A와 B조의 승자가 대국을 두어 이긴 기사가 결승에 진출한다.

C조는 5번과 6번이다.

'부전승!'

수의 주먹에 힘이 들어갔다.

본의 아니게 운이 따랐다.

3승을 해야 우승을 하는 A와 B조와 달리 C조는 부전승이 되어 대국수가 적다. 2승만 거둬도 국가대표 선발을 확정 지을 수 있다.

직원은 번호대로 대진표에 체크했다.

"5번은 이수 9단, 마지막 남은 6번은 양홍준 9단이군요."

가장 경계해야 할 기사 중 한 명인 양홍준 9단과 수가 맞붙게 되었다. 박동찬 6단은 가장 먼 A조 1번에 배정됐다.

'쉽게 갈 생각은 없어. 어차피 이겨야 할 상대라면 미리 붙는 편이 낫지.'

수는 양홍준 9단과의 대국을 반겼다. 아니, 피할 이유가 애초에 없었다.

그에 비해 양홍준 9단의 표정은 복잡했다.

그 속내를 완벽히 읽을 수는 없지만 부전승을 거둔 것은 기쁘나 첫 대국부터 수와 붙게 된 건 탐탁지 않은 듯했다.

"자, 그러면 자리해 주세요."

수는 바둑판을 사이에 두고 양홍준 9단과 마주 앉았다.

바둑판 옆에는 바둑알통과 초시계가 놓여 있었다. 또 그 옆으론 연구생으로 짐작되는 십 대 소년이 앉았다. 공정성을 기하기 위한 시간 확인과 기보 작성을 위함이다.

"대국을 시작해 주세요."

수는 앞에 놓여 있는 통을 확인하고 돌을 가렸다.

홀수.

백을 쥐게 됐다.

수와 양홍준 9단이 눈을 맞췄다.

꾸벅.

예의를 끝으로 흑을 쥔 양홍준 9단이 자신의 초시계를 눌렀다.

제한 시간은 각각 40분이다. 꽤나 빠른 속기 바둑에 속하는 만큼 어떤 변수가 일어날지 아무도 모른다. 그러기에 더더욱 감각에 의지한 바둑이 두어질 가능성이 높다.

탁.

흑을 쥔 양홍준 9단이 좌하귀 쪽 화점에 두었다.

수도 질세라 귀를 차지했다.

초반 포석은 이미 어느 정도 구상을 하고 상대에 따라 연구를 한 만큼 고민할 필요가 없었다. 더구나 속기 바둑은 일분일초가 무엇과도 바꿀 수 없을 만큼 소중한 시간이다.

포석이 진행되면서 수는 양홍준 9단의 기풍을 떠올렸다.

'전투를 선호하고 난전을 즐겨하는 타입. 감도 좋고 속기에 딱 어울리는 바둑이지.'

양홍준 9단이 최근 좋은 기세를 타는 이유다. 빠르게, 빠르게를 추구하는 한국인 정서에 맞게 최근 국내기전이 속기전 위주로 변화된 까닭이다.

수의 예상대로다.

포석이 끝나기가 무섭게 양홍준 9단이 싸움을 걸어오기 시작했다.

그것도 한 곳이 아니라 여러 군데에서.

바둑판 전역을 난장판으로 만들어서 본인의 장기인 난전으로 끌고 가려는 노림수가 훤히 보였다.

'피할 이유 없잖아?'

긴장감 따윈 보이지 않는다.

국가대표 선발전이라는 중압감 따윈 보이지 않는다.

대국에 들어선 순간 생기가 보였다.

'어느 쪽이 더 감각이 좋은지 부딪쳐 보자고.'

그래.

수는 오히려 이 상황을 즐기고 있었다.

Chapter 3

1

바둑은 심리게임이라는 말이 있다.

여기서 언급하는 심리란 상대를 실력으로 압도한다는 의미보다는 상대가 노리는 수를 미리 알 수 있다면 대처가 가능하다는 의미다.

그런 맥락에서 볼 때 난전은 심리전의 정점이라고 볼 수 있다.

판이 어지럽게 섞이다 보면 무엇을 취하는 게 득이고, 무얼 잃을 때 실인지를 판단하기가 애매해진다. 형세가 시시각각 변하기 때문이다.

그때 심리전이 들어온다.

교환.

흔히 말하는 타협을 가장한 거래를 뜻한다.

어느 것이 더 큰 돌이고 승부에 영향을 줄 수 있는 가치를 갖느냐에 갈린다.

흑이 볼 땐 귀 쪽의 대마인데, 백 입장에선 세력 삭감이 더 중요하다.

난전은 이런 교환이 필연적으로 많을 수밖에 없다.

죽지 않을 대마가 죽고, 죽었다고 생각하고 포기했던 대마가 살아난다.

백의 세력이 흑에게 와해되어 흑의 실리가 되고, 흑의 실리는 백의 역공에 죽고 만다.

프로 바둑기사들조차 이런 난전은 굉장히 난해한 바둑으로 여긴다.

신중하게 두는 장고 바둑이라면야 정확하게 수읽기를 하겠지만, 제한 시간이 부족한 속기 바둑에서는 정확한 판단을 내리기가 쉽지 않은 까닭이다.

흔히들 아마추어 바둑 마니아들이 착각하는 대목도 거기에 있다.

난전 바둑은 전투에 강하면 이긴다. 또는 수읽기에 강하면 유리하다.

일리 있는 말이다.

수읽기와 전투에 능숙하다면 국면을 유리하게 이끌고 갈 가능성이 높다.

하지만 여러 차례 세계기전 타이틀을 손에 쥐고, 한국을 대표하는 기사이자 살아 있는 부처라고 불린 모 프로 바둑기사는 이렇게 얘기했다.

"난전에서 수읽기도 중요하지만 정말 필요한 건 정확한 형세판단이다."

형세판단.

대국 도중 형세의 불리함이나 유리함을 판단하는 일을 뜻한다.

대략적인 말로는 누가 좀 더 낫고 못하냐를 나누는 기준이지만 프로 바둑기사 급으로 넘어오면 무서울 정도로 정확하다.

무려 몇십 수 앞까지 내다보며 한 집이나 반집의 오차도 허용하지 않는다.

그런 완벽한 형세판단이 난전으로 인해 몇 집의 손해를 보더라도 다른 곳에서 만회할 수 있는 기틀이 된다.

프로 바둑기사의 형세판단은 컴퓨터조차 따라오지 못한

다. 무궁무진하다 못해 시시각각 변화는 형세를 읽고 능동적으로 대처하는 능력은 그들이 왜 프로인지를 엿볼 수 있는 대목이다.

탁!

백돌이 바둑판 위에 놓였다.

생사의 갈림길에 놓여 있던 백의 대마는 사면초가에 빠졌다. 완생의 길이 보이지 않는다.

탁.

흑은 집요하게 백의 대마를 노린다. 그로 인해 입은 손해도 만만치 않지만 크게 개의치 않았다.

'이 대마만 잡으면 내가 이겨.'

양홍준 9단은 확신했다.

대마는 요석이다. 비록 상변의 흑돌이 약해지고, 실리가 망가지긴 했지만 백의 대마를 잡을 수만 있다면 그 정도 손해는 충분히 만회하고도 남는다.

'무조건 이긴다. 아시안게임에 나가는 건, 이수 당신도 동찬이도 아닌 내가 될 거야.'

양홍준 9단의 눈길에 비장함이 깃들었다.

군대.

대한민국 남자라면 누구나 가야 할 곳이지만, 그에겐 사형선고나 다름이 없었다.

이 년이라는 시간을 군대에서 보내며 바둑을 손에서 놓는 행위 자체가 죽음이나 다름없었다. 속된 말로 전성기의 종말을 고하는 격이다.

안 그래도 그는 불안했다.

전성기인 지금 세계 타이틀을 한 번도 손에 넣지 못해봤다.

또 밑에서는 천재라고 불리는 초단들이 대거 등장하며 압박 중이었다.

올라가지 못하면 잡아먹힌다.

잔혹한 승부의 세계에서 살아가는 그는 더더욱 군대에 가고 싶지 않았다.

그러나 이젠 그것도 한계다. 더 이상 영장을 미룰 방법이 없다.

국가대표가 되어 아시안게임에 출전해서 금메달을 따는 것만이 그가 군 면제를 받을 수 있는 유일한 길이다.

탁!

백을 쥔 수가 물러섰다. 어떻게든 대마를 살리고자 애를 썼으나, 결국은 백기를 들고 다른 쪽으로 수를 돌린 것이다.

'끝났어! 이 승부 내가 잡았다고!'

양홍준 9단은 속으로 쾌재를 불렀다.

수를 잡으면 기세를 탈 수 있다. 거기에 운이 좋아서 부전승을 배정받았다. 한 판을 덜 둬도 되는 만큼 컨디션 조절도

용이하다.

모든 판이 그에게 유리하게 돌아가고 있었다.

탁!

흑돌이 백의 대마에 급소에 두어졌다. 확실한 죽음이다. 마치 넌 이제 끝났다는 듯 사형선고를 내리는 수다.

'돌을 던져. 더 안 되는 거 알잖아?'

수가 포기하기를 내심 기대하고 있을 때였다.

탁.

조용하게 돌을 집어 두었다.

'응?'

약해진 흑의 상변을 공격하는 수다. 실리는 망가진 지 오래고 자칫 약점이 늘어나 공격을 당하기에 딱 좋은 상황이다.

양홍준 9단이 속으로 이죽거렸다.

'포기 안 하시겠다? 어디 한번 해보라지.'

그는 자신 만만했다.

아무리 약한 돌이라지만 죽을 돌은 아니다. 공격을 당한다고 해도 백의 대마를 잡은 이상 반면으로 열다섯 집 가까이를 앞선다.

프로 바둑기사 레벨로 감안할 때 역전은 거의 불가능하다고 볼 수 있는 차이다.

탁!

그러나 수는 포기하지 않는다.

노골적으로 흑돌을 노려서 집요하게 공격한다.

공방이 이어진다.

수의 반격이 매섭긴 하지만 버티지 못할 수준은 아니었다.

탁!

백이 생각지도 못한 곳에 돌을 두었다.

아직 흑의 사활이 완벽하게 마무리되지 않았는데?

'중앙을 호락호락하게 양보할 거 같아?'

양홍준 9단도 침착하게 대처했다.

그러나 그는 깨닫지 못했다.

승기를 잡았으니 무리만 하지 않으면 된다는 심리가 얼마나 안일한 것인지를.

수의 미친 듯한 추격에 판 전체가 요동치고 있음을 자각하지 못했다.

또깍, 또깍.

초시계 소리가 고요하다. 폭풍 같은 시간이 지나가고 전야가 찾아온 듯하다.

그러나 형국은 전혀 그렇지 않다.

쉽게 끝날 줄 알았던 대국의 형세는 한 치 앞을 알 수 없는 미궁으로 치닫고 있었다.

'와, 이걸 따라붙어?'

계심원으로 초시계를 확인하며 복기하던 연구생이 침을 꿀꺽 삼켰다.

연구생은 넋을 잃은 듯 바둑판에서 눈을 떼지 못했다.

이미 끝난 대국이라고 생각했다.

백의 대마는 언제 돌을 던져도 이상할 게 없을 만큼 중요한 요석이었다.

그런데 수는 포기하지 않았다.

아니, 포기하지 않을 만한 이유가 있었다.

'형세판단이 잘 안 되긴 한데, 이 정도면 많이 쫓아왔어. 덤을 감안하면 일곱 집 정도로 격차를 좁힌 격이야.'

정말 소름 끼치도록 무서운 맹공이다.

수는 흑의 약점을 미칠 듯이 공략했다.

상변의 흑이 죽는다 하더라도 뒤집기 어렵다고 여겨지는 상황이었다. 그런데 수는 그 흑을 조여오는 척 부피를 키우더니 다른 쪽에서 이득을 보기 시작했다.

특히 백의 대마를 쫓느라 무리하게 두었던 약점들을 공략하며 난공불락의 세력을 구축한 게 컸다.

'무턱대고 대마를 잡으러 간 대가라고? 하지만 나라도 대마를 노렸을 거야. 너무도 당연하잖아.'

연구생은 수를 보았다.

대국에 집중하고 있느라 빤히 보았음에도 시선을 전혀 느끼지 못한 듯 보였다.

'나도 꼭 이수 9단님 같은 프로가 되어야지!'

연구생은 수를 눈에 담고는 다시 바둑판으로 시선을 돌렸다.

이제 모든 프로 지망생의 우상이 되어버린 수의 바둑을 가까이에서 볼 수 있는 것만으로도 큰 영광이다. 하나도 빠짐없이 배울 수 있는 건 전부 체득하고 가고 싶었다.

'제기랄!'

양홍준 9단이 이를 아득아득 갈았다. 입 밖으로 욕이 튀어나올 뻔한 걸 겨우 참았다.

'이게 무슨 꼴인데? 그 좋던 흐름에서 이따위 계가로 흐르게 만들다니.'

좀 더 적극적으로 두어야 했다고 후회했으나 이미 늦었다.

얼핏 계가를 해봤는데 덤에 걸린다.

한두 집이 앞서고 있긴 하나 끝내기를 감안하면 승리를 장담할 수 없다. 아니, 오히려 선수를 당하면 역전될 가능성이 훨씬 높았다.

'망할, 귀신에 홀린 기분이야. 어쩌다가 이렇게 된 거지?'

후회를 한다고 해서 달라질 건 없지만 그는 후회밖에 할 수 있는 게 없었다.

승기를 잡고 조심스럽게 대국을 운영했는데, 사실은 그 모든 게 자신의 발목을 잡는 거였음을 알아채지 못한 것이다.

'아니, 이걸 누가 알 수가 있는데?'

따지고 싶지만 들어줄 사람도 없다.

그만큼 수의 맹공은 매서웠다.

마치 한 수 아래의 기사를 지도 대국하듯이 몰아붙이더니 이내 역전까지 만들어내고 말았다.

양홍준 9단이 입술을 깨물었다.

인정하긴 싫지만, 직접 겨뤄본 수의 바둑은 참 고강했다.

"마흔여덟 집이요."

"……쉰한 집 반."

승패가 갈렸다.

무려 백의 세 집 반 승리다.

프로 바둑기사의 레벨을 감안할 때 열다섯 집 이상 벌어진 격차에서 이 정도까지 따라잡혀 역전패를 당하는 건 굴욕이나 다름없었다.

"……."

양홍준 9단은 눈을 질끈 감았다.

끝났다.

패배보다 더 무겁게 그의 가슴을 짓누르는 건 더 이상 군입대를 미룰 수도 없고, 면제를 받을 방법조차 사라졌다는 절망감이다.

그는 조용히 일어나더니 대국실을 나섰다.

평소에 마시지 않는 술이지만, 오늘은 마시지 않으면 버틸 수가 없을 것 같았다.

수는 돌을 정리하고 시선을 돌렸다.

축 처진 어깨로 막 대국실을 빠져 나가는 양홍준 9단의 뒷모습이 눈에 잡혔다.

'잘 가세요, 군대.'

동정 따윈 없었다.

대한민국 남자라면 누구나 의무적으로 가야만 하는 게 군대다. 이런 식으로 군 면제를 받기 위해서 아시안게임을 이용하는 모습은 탐탁지 않았다.

수는 속으로 위로의 말을 붙였다.

'다 추억이고 경험이에요. 군대도 한 번쯤 가볼 만한 곳이에요.'

그가 예비역이기에 할 수 있는 말이다.

그런 수에게 한 번 더 군대에 가라고 한다면?

'차라리 죽고 말지.'

그래.

목에 칼이 들어와도 다시 갈 의향이 없다.

아직까지도 수가 감히 말할 수 있는 최고 악몽은 재입대하는 꿈이다.

2

결승에 진출한 수는 여유로웠다.

A조와 B조의 승자들은 제1국이 끝난 뒤 점심 식사를 갖고 제2국을 두게 된다.

이후 제2국의 승자가 결승에 진출할 수 있는 자격을 얻게 된다.

부전승으로 결승에 진출한 수는 결국 점심시간부터 제2국의 종료까지 시간이 남게 되었다.

"같이 식사, 콜?"

한국기원 임원들과 인터뷰를 끝낸 김수진 기자가 제의했다. 수도 혼자 먹는 밥보다는 낫지 않을까 하는 생각에 흔쾌히 응했다.

"그래요."

"요 앞에 스파게티 잘하는데 괜찮아요? 민감한 음식이면 메뉴 바꾸고요."

아무래도 국가대표 선발전 대국을 앞둔 만큼 최대한 수의 편의에 맞추려고 들었다.

"아무거나 상관없어요."

명필은 붓을 탓하지 않는 법이다. 식중독을 일으킬 만한 상한 음식을 먹는 게 아니라면 뭘 먹어도 개의치 않았다.

"그럼 제가 주문할게요! 나가는 것보단 그 편이 훨씬 낫죠?"

"배달이 돼요?"

"다 되게 하는 방법이 있죠."

김수진 기자가 윙크를 했다.

연예인이나 다름없는 수다. 가까운 식당이라지만 행여나 사람들의 시선이 쏠리고 사인 공세에 시달리기라도 한다면 불편해할까 봐 배려한 것이다.

1층에 따로 마련된 휴게실에서 담소를 나누고 있자 주문한 음식이 도착했다. 나중에 알고 보니 원래 배달까지 겸하는 식당이었다고 한다.

수와 김수진 기자는 빵과 스파게티를 먹으며 이야기를 나눴다.

"기가 막힌 역전승했다면서요? 양홍준 9단 똥 씹은 표정으로 집에 가던데."

"누가 그래요?"

"아까 계심원 봤던 연구생이 통화하는 거 언뜻 들었거든요. 이수 씨를 두고 바둑의 신이라느니, 내 우상이자 목표라고 떠들질 않나, 네들은 안 봐서 모른다고 어찌나 자랑을 해 댔는지 몰라요."

"부끄럽네요."

수가 멋쩍게 웃었다.

국가대표 상비군 지도를 맡고 있을 만큼 선배의 입장에 올라선 지 오래지만, 후배들의 귀감이 되고 우상으로 여겨지는 일은 아직 어색했다.

"근데 수 씨, 나 궁금한 거 하나 있는데요."

"뭐요?"

"은은 씨랑 만나는 거 언제까지 숨길 거예요? 두 사람 같이 지낸 지도 꽤 오래됐잖아요."

김수진 기자의 물음도 굉장히 조심스럽다.

그럴 수밖에 없는 게 수는 공인이다.

단순한 스타를 넘어서 아시아 전역을 울리는 한류스타다.

지금만 해도 그렇다. 한국기원 내부에서 스파게티를 먹는데 저렇게 불편하게 먹을 수가 있을까 싶을 정도로 색안경에 모자를 푹 눌러쓴 채 목도리로 하관을 가리고 먹고 있다.

그만큼 사생활에 민감하다.

대외적으로 수는 솔로다. 슈퍼스타Z 참가할 당시에 사귀었던 여자친구, 이젠 충무로 여신이라 일컬어지는 아름을 제외하곤 스캔들이 전무했다.

그만큼 수의 연애 소식은 큰 파장을 불러오고도 남음이다.

김수진 기자는 수의 비밀을 알면서도 모르는 척했다. 죽을 때까지 함께하고 싶은 남자인 원성진 4단과 이어준 장본인이 바로 수인 까닭이다. 또 고은은과도 오래 알고 지낸 친구 사이다.

그렇기에 그런 두 사람의 아슬아슬한 연애가 행여 들키지 않을까 걱정됐다.

"시기를 보고 있어요."

"시기면…… 밝힐 생각을 하고 계신 거예요?"

"네."

수는 끄덕였다.

늘 고은은에게 미안한 마음이다. 뱃속의 아이까지 가진 그녀를 제대로 소개시켜 주지도 못하고 꽁꽁 숨겨두는 것만으로도 죽을죄를 짓고 있는 것 같았다.

"수 씨, 제가 할 말은 아닌데 언제가 될지 모르지만 너무 길게 끌지 마세요."

"……."

"여자도 지쳐요."

가슴을 울리는 말이다.

수는 잠시 시선을 내리고 생각을 하다가 대답했다.

"그 말 가슴에 아로새겨 둘게요."

본의 아니게 무거운 대화로 이어졌지만, 그 뒤의 분위기는 화기애애했다.

스파게티도 입에 잘 맞았고, 한국기원 휴게실 옆에 마련된 테이크아웃 전문 카페에서 파는 아메리카노도 훌륭했다.

그런데도 시간이 남았다.

대국실로 올라오자 제2국이 한창 진행 중이었다.

'누가 올라오려나?'

결승전 상대를 궁금해하며 수가 옆으로 다가가서 바둑판을 내려다봤다.

이제 막 포석이 끝나고 중반에 접어든 대국은 혼돈 그 자체였다.

'뭐야? 생각 이상으로 금방 끝나겠는데?'

예상외의 전개였다.

아무리 속기 바둑이라고 하더라도 수순이란 게 있는 법인데 이 바둑은 그런 순차적인 돌의 배열이 아니었다. 중간을 건너뛴 기분이랄까.

'흑을 쥔 박동찬 6단과 붙겠군.'

대략 잡아 100수 정도밖에 두어지지 않았지만 수는 어렵지 않게 결과를 예측할 수 있었다.

수상전에 접어든 흑과 백의 대마.

수의 수읽기로는 한 수 차이로 흑이 승리가 점쳐진다.

'아까 나랑은 달라. 저건 역전 못 해.'

대마의 크기가 다르다. 저런 대마를 죽이고 나선 수라도 역전할 자신이 없었다.

수는 몸을 돌렸다.

대국실 가장 구석에 위치한 곳에 자리를 잡았다.

제2국은 곧 끝났다.

승자인 박동찬 6단이 잠깐의 휴식 시간을 가진 뒤 결승국이 시작될 것이다. 그때까지 명상이라도 하면서 집중력을 끌어 올릴 참이다.

달그닥! 달그닥!

바둑돌 치우는 소리가 들린다.

수가 눈을 떠서 시선을 돌렸다. 역시나, 대진표를 보니 박동찬 6단의 승리가 체크됐다.

예상했던 대로 그와 결승에서 맞붙게 된 것이다.

"한 시간 정도 휴식을 취한 후에 결승전을 진행하겠습니다. 이의 없으시죠?"

국가대표 선발전의 진행을 맡은 직원의 말에 수는 고개를 끄덕였다.

한 판밖에 두지 않은 수는 여태 쉬었으니 굳이 휴식을 취하지 않아도 되지만, 연달아 삼연전을 두어야 하는 박동찬 6단의 체력을 감안하면 휴식은 필수적인 요소다.

한데 당연히 수락할 줄 알았던 박동찬 6단이 반발했다.

"피차 바쁜데 굳이 그럴 필요 있나요? 시간이 금인데, 굳이 쉬지 않고 둬도 상관없습니다."

“그러시면 바로 속행하겠다는 건가요?”

“십 분 정도면 됩니다. 담배 한 개비 필 시간이면 충분합니다.”

직원의 시선이 수에게 향했다.

“수 씨는 어떠십니까?”

“저야 상관이 없습니다만…….”

수는 말을 흐렸다.

뒷말은 삼연전을 두면서 소진된 체력을 회복하지도 못한 채로 대국에 임해도 괜찮느냐는 걱정이 담겨 있었다.

‘괜한 오지랖은.’

신경이 쓰이긴 했지만 박동찬 6단이 자초한 일이다. 또 연승의 흐름을 타고 싶은 마음도 있을 수 있으니 그의 선택을 존중하기로 마음먹었다.

책임을 맡은 안영한 9단과 직원이 상의를 나눈 끝에 십 분 뒤 대국을 진행하기로 결정했다.

한국기원 건물 자체가 금연이다 보니 박동찬 6단은 흡연실로 이동했다.

“물이 없네.”

수도 대국 내내 마실 물을 뽑기 위해 대국실 밖 자판기로 향했다.

동전을 넣고 생수를 눌렀다.

철컹!

아래로 생수가 떨어졌다. 그걸 꺼내 들고 수가 돌아 설 때였다.

"……."

막 담배를 피우고 계단에서 올라오는 박동찬 6단과 눈이 정면으로 마주쳤다.

무시하기도 애매한 상황.

수는 후배된 입장에서 먼저 고개를 숙이며 예의를 갖췄다.

그러나 박동찬 6단은 무표정한 얼굴로 무시하며 계단을 걸어 올라오더니 수를 지나쳤다.

'뭐야? 나 무시당한 거야?'

수는 어처구니가 없었다.

국가대표 자리를 두고 경쟁을 하고 있다지만 최소한의 인사는 받아주는 게 예의가 아닌가?

'매너가 꽝이군.'

수의 입장에서도 좋게 보일 리가 만무했다.

앞서 문고리를 잡고 대국실로 들어가려는 찰나, 수에게 들으라는 듯 박동찬 6단이 말을 흘렸다.

"도통 이해가 안 가."

"……!"

"하던 노래나 마저 할 것이지, 왜 여기까지 와서 우리 피까지 말려 죽이려는 건지 참."

수는 똑똑히 들었다.

착각이 아니다. 아니, 들으라는 듯 또박또박 얘기하는데 어떻게 착각일 수가 있겠는가.

문고리를 돌리고 대국실 안으로 들어가려는 박동찬 6단을 수가 막아섰다.

"지금 그 말 무슨 뜻이죠?"

"제 얘길 들으셨나요? 들으라고 한 얘긴 아니었는데."

수가 어처구니가 없는 표정을 지었다.

"그걸 변명이라고 하나요? 다 들으라고 대놓고 얘기 해놓고?"

"비키시죠."

수는 손을 치우지 않았다.

"먼저 무례하게 군 건 그쪽 같은데?"

"무례요?"

박동찬 6단이 피식 웃었다.

입은 웃고 있지만 수를 노려보고 있는 눈은 웃지 않는다.

"당신이야말로 그 잘난 연예인 프리미엄 덕분에 특혜로 국가대표 선발전에 임했잖아요. 그런 당신이 무례라는 말을 입에 담을 수 있습니까?"

"고작 그거 때문에?"

"고작?"

박동찬 6단의 표정이 딱딱하게 굳었다. 살벌함까지 느껴진다.

"당신이야 그 잘난 노래하면서 프로 바둑기사를 취미로 할지 모르겠지만 우린 아니거든요?"

"……."

"나도 압니다. 될 놈은 뭘 해도 된다는 거. 오늘만 해도 그렇죠. 당신이 부전승해서 결승에 오를 때 난 죽기 살기로 두 판을 둬서 이겨야 겨우 결승에 오를 수 있었죠."

뭐 이런 배배 꼬인 놈이 다 있을까?

추첨을 통해 운이 좋아 부전승을 한 것도 꼭 특혜를 받은 것마냥 몰아갔다.

'너만 없었다면…….'

박동찬 6단은 노골적으로 원망 어린 눈초리를 보냈다.

국가대표 선발전도 좀 더 수월했을 것이고 군 면제로 가는 길도 편안했을 것이다. 그놈의 특별 혜택만 없었다면 말이다.

박동찬 6단의 원망을 정면으로 받은 수는 어처구니가 없는지 헛웃음을 터뜨렸다.

"풉."

"지금 제 얘기가 웃기십니까?"

박동찬 6단이 정색했다. 먼저 시비를 건건 그지만 비웃음을 당한 사실에 기분이 팍 상했다.

수는 눈을 직시했다.

“내가 취미로 프로 바둑기사를 한다고요? 그 말 책임질 수 있습니까?”

“있다면?”

박동찬 6단도 지지 않고 받아쳤다. 여기서 물러서는 건 그의 자존심이 허락하질 않았다.

“그래요?”

대답을 하면서 수가 피식 웃었다.

‘웃어?’

박동찬 6단의 미간에 주름이 갔다.

명백히 불쾌한 얼굴.

그러거나 말거나 수가 이마를 들이밀면서 독하게 쏘아붙였다.

“억울하면 이겨요. 취미로 바둑 두는 놈한테 쪽팔리게 지지 말고.”

“뭐?”

박동찬 6단의 동공이 분노로 파르르 떨렸다.

Chapter 4

1

탁.

적막을 깨고 돌이 놓인다.

대국실은 고요하지만 바둑판 위는 전쟁을 치르듯 치열하다.

맹공을 펼치고 있는 건 백을 쥔 박동찬 6단이다.

그의 기풍을 한마디로 정의하면 속사포다.

정말 쉼 없이 연타를 치듯 상대를 공격한다. 권투로 치면 잽이다. 하지만 잽은 결정적인 한 방이 없다. 견제를 하고, 거리를 재고, 지속적인 대미지를 주지만 KO를 따내기엔 역부족이라고들 한다.

그러나 박동찬 6단의 잽은 다르다.

국내 기사 중 상당수가 그의 잽을 버티지 못했다.

그래.

그는 잽이 강하다.

잽만으로도 국내기전의 웬만한 기사를 압도할 만큼 전투적인 바둑을 구사하고, 큰 한 방이 터지기 전에 상대는 나가떨어진다.

그렇다고 해서 그가 훅이 약한 건 아니다.

박동찬 6단이 국내기전 타이틀을 따낸 데는 그만한 이유가 있다.

잽은 함정이다. 상대를 지치고 힘들게 하면서도 훅을 날리기 위한 속임수다.

훅은 바둑이 극도로 몰릴 때 터진다.

상대가 몰아치는 공격에 타계를 하고 이젠 괜찮겠지 싶어 손을 뗄 때를 노린다.

바로 지금처럼.

탁!

백돌이 바둑판 위에 놓였다.

공방전이 조금 사그라질 무렵에 터진 이 한 수는 숨을 돌린 흑을 다시 숨 가쁘게 조인다.

질식 바둑.

박동찬 6단에게 붙은 별명이다.

그의 바둑을 보고 있자면 숨이 막힐 듯 찰나의 틈도 주지 않는다고 해서 붙은 것이다.

지금도 마찬가지다.

계심원을 보고 있던 연구생은 백의 맹공에 숨을 들이켰다.

'미친 공격이야. 그렇다고 따로 약점도 보이지 않고. 와, 나라면 이미 버티지 못하고 나가떨어졌을 거야.'

전 대국에서 수의 신기에 가까운 대역전극을 보며 감탄했다.

꼭 수 같은 프로 바둑기사가 되어 세계기전의 타이틀을 손에 넣고자 다짐했다.

그런데 이번 대국을 보니 그러한 다짐이 흔들렸다.

'왜 애들이 박동찬 선배님 바둑을 좋아하는지 알 것 같아.'

1조에 속한 연구생들 사이에서 박동찬 6단의 전투 바둑은 인기가 많다.

아무래도 현대로 오면서 점차 테크닉이 좋아지고 속기 바둑이 대세를 이루다 보니 자연스럽게 현대 바둑의 흐름 자체가 전투 바둑이 주를 이룰 수밖에 없었다.

그러다 보니 전통 실리파 기사나 끝내기가 강한 기사들이 최근 많이 자취를 감추었다.

연구생은 힐끗 수의 안색을 살폈다. 무심한 표정과 눈길은 그가 무슨 생각을 하는지 좀처럼 읽을 수가 없다.

'이수 선배님도 잠자코 당하진 않을 거야. 암.'

연구생이 제일 존경하는 기사는 수다.

전투도 강하지만 한 치의 오차도 허락하지 않는 형세판단과 막판 대역전을 보여주는 끝내기는 이상적으로 꿈꾸는 바둑의 표본이다.

비록 오늘 바둑은 박동찬 6단의 기세에 밀려 어려운 국면을 맞이하고 있지만 연구생은 믿어 의심치 않았다. 이 역경을 이겨내고 수가 귀신같은 역전을 보여줄 거란 믿음 말이다.

그러나 옆에서 관전하는 안영한 9단의 생각은 연구생과 좀 달랐다.

'흑의 형세가 너무 안 좋아. 모양도 별로고.'

겉으로 내색은 하지 않았지만 한국기원 고문인 그는 수가 이겼으면 하는 바람이 컸다.

아시안게임의 성공과 한국 바둑의 홍보를 위해서라도 한류스타 수가 출전하는 게 여러모로 득이 될 거라는 판단이다.

아니, 애초에 없던 특별 자격이란 규정을 만들 때부터 고려한 일이다.

안영한 9단이 초조한 눈길로 수를 쳐다봤다.

'잘 좀 두라고. 이거 지면 끝이라는 걸 몰라? 선발전은 단

판이라고!'

안다, 고문으로서 중립을 지켜야 한다는걸. 다만 한국 바둑의 발전을 위해서라도 수를 응원했고 진출하기 바랐다.

또 수순이 진행됐다.

백의 맹공을 보고 있자면 숨이 턱 막힌다. 흑을 질식사시키려는 듯 맹공을 가한다. 흑이 유연하게 대처를 하고 있다지만 좀처럼 쉽지 않다.

백이 흑의 숨통을 틀어쥐고는 끊을 듯 강하게 압박한다.

'어?'

연구생의 눈이 커졌다.

'저러면 하변의 석 점이 죽을 텐데?'

눈에 힘을 주고 수읽기를 했다.

한 번, 두 번, 세 번을 하고도 모자라 한 번을 더 생각했다. 그런데도 불구하고 석 점이 살아날 수가 도통 보이질 않는다.

그건 안영한 9단도 마찬가지였다.

'이런 실수를! 석 점이 살아갈 방법이 없어. 도대체 무슨 생각인 거야? 의도적으로 버렸다고 보기에 석 점의 가치는 너무 크다고!'

석 점은 요석이다.

단순히 실리 이상으로 중앙에서 맹공을 가하는 흑의 곤마의 생사와도 연결되어 있다. 만약 석 점이 죽으면 백은 사활에 연연하지 않고 미친 듯이 흑을 공격하며 유린할 수 있다.

안 좋다.

어쩌면 생각지도 못한 수의 불계패로 대국이 끝날지도 모르는 위기다.

탁!

그때 바둑알 통에서 튀어나간 수의 손이 바둑판 위에 흑돌을 얹었다.

의외의 자리.

생각지도 못한 의외의 수다.

"……!"

기세 좋게 몰아치던 박동찬 6단의 눈동자가 살짝 흔들렸다.

뒤늦게 수읽기를 쫓아간 연구생과 안영한 9단은 경악했다.

'와, 저, 저런 수가?'

'묘수야. 죽은 줄 알았던 석 점이 기적같이 연결되어 살아났어.'

실존 대국에서 묘수가 나오는 경우는 극히 드물다. 같은 프로 레벨에서는 한 끝 차이로 승부가 갈리는 만큼 더더욱 그렇다.

그런데 지금 수가 둔 수는 기가 막히다.

백으로 하여금 어떠한 공격도 할 수 없게 만들어 버릴 만큼 빼어나다.

제한 시간이 한 시간도 되지 않는 속기 바둑에서 저런 묘수를 찾아낸 수에게 경외감이 들 정도다.

하지만 비록 목줄을 비틀진 못했어도 아직까지 백이 흐름을 쥐고 있는 건 변함이 없다.

'상관없어. 기세는 내가 쥐고 있다.'

박동찬 6단은 재정비 따윈 생각지 않았다.

유리한 국면이다. 지금 고삐를 늦추지 말고 몰아쳐서 숨통을 끊어버릴 참이다.

'또 공격이야?'

'동찬이 녀석, 사정 봐주지 않고 있어. 이 기세로 끝낼 심산이야.'

안 그래도 전진밖에 모르는 그의 전투 바둑이 오늘은 더 날카롭다. 꼭 오늘을 위해서 숨죽이고 칼을 갈아 온 것처럼 예리하게 급소를 노린다.

숨 막히는 대국이다.

안영한 9단은 이 대국이 방송되지 못한 것에 살짝 아쉬움도 들었다.

탁.

다시 수순이 진행됐다. 몰아치는 공격에 흑을 쥔 수는 타계를 하느라 여념이 없다.

바로 그때였다.

박동찬 6단의 눈이 싸늘해졌다.

탁!

그는 고심할 필요도 없다는 듯 백돌을 공격했다.

아까의 석 점이 중앙까지 이어졌지만 아직 미생이다. 아예 대마 전체의 숨통을 끊든가 압박을 해서 세력을 쌓아 실리로 압도할 요량이다.

'또 위기야.'

연구생은 침을 꿀꺽 삼켰다.

흑의 전세가 좋지 않다. 이대로 공격을 당하다가는 실리가 부족해 계가 바둑으로는 승산이 없다.

또다시 찾아온 위기.

무려 삼 분 이상의 장고를 하던 수가 드디어 돌을 집었다.

탁.

바둑판에 놓이자마자 세 사람의 눈에 힘이 들어갔다.

"……!"

지금 두어진 돌의 의중을 파악하기 위해 수읽기를 끝낸 그들의 표정은 놀람으로 가득 찼다.

'사, 살았어? 저 궁도에서?'

'대단하긴 하구나. 엄청난 수읽기다. 그런 묘수가 있을 거라곤 짐작도 못 했어.'

연구생과 안영한 9단 이상으로 놀란 건 대국에 임하고 있는 박동찬 6단이다.

'제길, 설마 하니 이런 묘수를 둘 줄이야!'

그도 몰랐다.

설마 하니 그 안에서 사는 수가 있을 줄은 몇 번의 수읽기에도 찾지 못했다.

'좋아, 인정하마. 네 수읽기가 나보다 한 수 위야. 그래서 뭐, 어쩔 건데? 묘수 세 번이면 바둑에서 진다는 말을 모르진 않을 텐데?'

박동찬 6단은 도리어 기세등등하게 굴었다.

그의 말대로다.

바둑의 격언 중에서 묘수 세 번이면 그 대국에서 진다는 말이 있다.

무슨 말이냐면, 묘수를 세 번이나 두어서 위기를 탈출해야 할 만큼 바둑의 형세가 좋지 못하다는 의미다. 그리되면 위기는 벗어날지언정 정작 큰 맥락의 대국에서는 이기지 못한다는 소리다.

그건 안영한 9단의 생각도 같았다.

'살긴 했지만 형세에 영향이 가진 않아…….'

이미 실리로는 백이 낫다. 덤까지 고려한다면 흑의 입장이 불리하다고 자신 있게 말할 수가 있다.

반격이 필요한 시점이다.

수의 끝내기가 아무리 강점이더라도 늦다.

중반의 전투가 정점에 올라 종반으로 향하고 있는 지금이 반격을 할 수 있는 마지막 기회다.

그러나 박동찬 6단은 그 찰나의 시간도 줄 의향이 없었다.

'계가까지도 필요 없어. 여기서 끝장내서 돌을 던지게 해 주마.'

백의 맹공이 더욱 거세진다. 동시에 세력을 기반으로 실리를 챙기는 척하며 압박감을 주어 무리를 하게 만든다.

그 공세에 흑도 흔들리지 않을 수 없었다.

'틀렸어.'

안영한 9단은 고개를 절레절레 저었다.

기미가 보이질 않는다. 격차가 너무 벌어졌다. 어림잡아도 반면으로 여덟 집은 되어 보인다. 거기에 덤까지 감안하면 역전하기 쉽지 않아 보인다.

'하아! 결국 동찬이 녀석이 올라가게 생겼군.'

내심 수를 응원하긴 했지만 어쩔 수 없는 일이다. 박동찬 6단도 최선을 다했고 그 결과로 말한 것이니 오히려 축하를 해줘야 옳다.

'이제 슬슬 마무리 정리를…… 어? 어!'

막 몸을 돌리려던 안영한 9단의 눈에 입을 다물고 있지 못하는 연구생의 표정이 보였다. 까무러칠 만큼 놀라서 경악한 얼굴이었다.

'무슨 일인데?'

다시 몸을 돌려 바둑판으로 시선을 돌렸다.

앞서 두었던 수순을 쭉 살펴보다가 잠시 눈을 뗀 사이에 두어진 돌을 발견했다.

"……!"

똑같다.

넋이 나간 듯한 연구생과 마찬가지로 안영한 9단의 입이 벌어졌다. 반복적으로 눈을 깜빡이며 수읽기를 하는 그의 눈길에 담긴 감정은 천지격동을 할 만큼 벅찬 놀라움이다.

'마, 맙소사! 이건 묘수 수준이 아니야. 이건 신수야. 대국을 엎어버리는 신수라고!'

소름이 쫙 돋는다. 오싹할 만한 전율이 등골을 타고 번진다.

그는 삼십 년 가까이 바둑계에 머물렀다. 그간 적지 않은 묘수들을 보았지만 이런 수는 처음이다. 괜히 신수라고 표현한 게 아니다.

꿀꺽.

그가 침을 삼키며 마음속으로 읊조렸다.

'뭐? 묘수 세 번이면 그 바둑에서 진다고? 개소리하지 말라

고 그래.'

그가 감히 수백, 수천 년을 이어져 내려온 바둑 격언에 토를 달았다.

'세 번째 묘수가 적의 심장을 꿰뚫고 있는데 그만 말을 믿으라고?'

그래.

수가 둔 세 번째 묘수.

아니, 신수.

절대 끊기지 않을 거라고 생각했던 백의 대마의 맥을 끊고 있었다.

2

'역전했어.'

수는 바둑판의 형세를 한마디로 요약했다.

수세에 몰린 것은 사실이나 지금 이 수로 인해 백의 대마의 일부가 끊기게 되었다. 정말 누구도 생각지 못한 맥점을 둔 것이다.

수가 힐끗 박동찬 6단의 안색을 살폈다.

예기치 못한 일격을 당한 그의 표정은 어두웠다. 어떻게든 살길을 찾아보고자 애쓰는 모습이 역력했다.

그러나 이미 끝났다.

대마가 죽진 않더라도 변까지 이어진 스무 집 상당의 여덟 점은 살 길이 없다.

'참 인상적인 바둑이었어. 나도 배울 점이 많던 바둑이기도 하고.'

대국 전에 있었던 불편한 관계를 떠나서 박동찬 6단의 바둑을 높게 평가했다.

질식이라는 말에 어울리는 물 샐 틈 없는 공격 바둑은 굉장히 강력했다. 특히 가장 돋보였던 건 보는 맛이 있는 화끈하고 매력적인 바둑을 구사한다는 것이다.

"으으."

그가 낮게 침음을 흘렸다.

오 분이 넘는 제한 시간을 허비하여 장고를 했음에도 살릴 수 있는 길이 보이지 않았다.

이 한 수로 말미암아 유리했던 국면은 단숨에 흑에게 넘어가고 말았다.

박동찬 6단은 포기하지 않았다.

다른 것도 아니고 군 면제가 걸린 대국이다. 누구에게나 마찬가지겠지만, 프로 바둑기사에게 이 년은 도태되고도 남을 만큼 긴 시간이다. 어떻게든 만회를 해야 한다는 일념으로 덤볐다.

하지만 승부를 뒤집기에 박동찬 6단의 끝내기는 수에 비해 몇 수 아래였다. 격차를 좁히기는커녕 오히려 더 벌어지고 말았다.

결국.

흑을 쥔 수가 3집 반 차이로 역전승을 이뤄냈다.

꾸벅.

직원과 안영한 9단의 확인 절차를 끝으로 수가 마지막 예의를 갖췄다. 동시에 수가 테이블 아래로 주먹을 말아 쥐었다.

'해냈어, 내가 국가대표가 됐다고!'

수는 날아갈 듯이 기뻤다.

부전승이라는 운도 따르긴 했지만 정정당당하게 국가대표 선발전을 통해서 얻어낸 결과이기에 기쁨이 더더욱 컸다.

'곧 내 가슴에 태극마크가 달리겠지. 국가를 대표해서 최선을 다하겠어.'

알 수 없는 뭉클함과 뿌듯함이 밀려왔다. 곧 가슴에 짊어지게 될 태극마크와 국민들의 기대를 받으며 겨루게 될 아시안 게임이 기대가 됐다.

좌르르륵.

대국이 끝난 뒤, 돌을 정리하다 말고 박동찬 6단이 의자에서 털썩 일어났다.

"먼저…… 가보겠습니다."

그가 누구와 시선도 마주치지 않은 채 안영한 9단에게 통보하듯 말을 던지고는 몸을 돌리려던 때였다.

"저도 군대 다녀왔습니다."

멈칫!

수가 던진 한마디에 막 몸을 빼던 박동찬 6단이 섰다. 그는 스윽 고개를 돌리더니 수를 밉다는 듯 쳐다봤다.

"그래서요? 저한테 생색내는 겁니까?"

"네, 생색내는 거 맞습니다."

수도 받아치자 그가 똥 씹은 얼굴을 했다.

안 그래도 대국에서 지고 기분이 뭐 같았다. 정정당당한 승부에서 진 것도 억울한데, 군 면제도 날아갔다. 그것도 모자라 수에게 조롱까지 받는 격이니 억울함이 분에 받쳤다.

"네, 어련하시겠습니까? 잘난 한류스타께서 아시안게임 나가셔서 잘하세요."

그도 이대로 가는 건 억울했는지 비꼬듯이 말을 던졌다.

일방적으로 적의를 먼저 드러낸 건 박동찬 6단이었지만, 막상 지고 저런 소리를 들으니 아주 모욕적이고 분했다.

그에 반해 수의 태도는 여유로웠다.

"저기요."

"또 할 말이 남았나요?"

"대한민국 남자라면 누구나 가는 겁니다. 의무죠. 피할 수가 없어요. 그러니까…… 웃으면서 가세요. 어차피 가실 거 웃으면서."

수는 웃으면서라는 말을 강조하며 환하게 웃어 보였다.

다른 건 몰라도 박동찬 6단의 군 면제를 받기 위한 저런 태도는 옳지 못하다.

'가기 싫은 마음은 왜 모르겠어? 그래도 가야지. 저런 식으로 피하는 건 그릇된 거야.'

그래.

남자라면 의무적으로 가야 하는 군대지만, 누가 가고 싶어서 갈까?

마지못해 가는 것이다.

다만, 마음가짐의 차이다.

누군가는 군 생활을 하면서도 틈틈이 자기 발전에 시간을 투자한다.

또 몇몇은 오히려 군 생활을 통해 얻은 경험이나 다수의 사람과 부딪치며 쌓은 견해를 바둑에 투영하기도 한다.

꼭 군대가 나쁜 건 아니다. 긍정적인 발전도 분명히 있는 법이다.

'다시 가라고 하면 난 안 가.'

물론, 대상에서 수 본인은 제외라는 전제하에서다.

박동찬 6단이 대국실을 떠났다.

안영한 9단과 직원은 국가대표 선발전과 관련된 남은 마무리 작업에 열중했다.

“확인 서명해 주시고요. 기념사진 한 장 남길게요. 김수진 기자님! 여기 사진 좀 찍어주세요!”

한국기원 근처 카페에서 기사를 쓰고 있던 김수진 기자가 대국실에 들어서기가 무섭게 직원이 손을 흔들며 불렀다.

“하! 내가 무슨 찍사야? 맨날 부려먹어. 인건비도 안 주면서.”

김수진 기자는 투덜대면서도 카메라를 넘겨받고는 앵글을 잡았다.

“하나, 둘, 셋 하면 찍을게요. 하나, 둘…….”

아주 작게 걸려 있는 한국국가대표 선발전 현수막 아래로 멋쩍게 웃고 있는 수와 안영한 9단, 그리고 한국기원 직원이 카메라에 담겼다.

찰칵!

김수진 기자는 거기서 만족하지 못했다.

“자, 수 씨. 개인 인터뷰랑 사진 촬영 아시죠? 그냥 가면 나 완전 서운해.”

결국 그녀는 수를 졸라서 기사를 따냈다.

그리고 오늘자 기사와 사진, 인터뷰 전문을 함께 기재했다.

요약하자면 인천 아시안게임에 참가할 한국 바둑 국가대표 마지막 선수가 발탁되었다는 얘기가 골자를 이뤘다.

그 기자를 작성한 기사는 두말할 것 없이 김수진 기자다.

“오늘 검색어 몇 위까지 가려나?”

그녀가 오늘 온종일 한국기원에서 죽친 이유가 바로 그것이다.

수의 아시안게임 국가대표 선발 독점 기사!

대중의 관심이 떨어지고 소외된 바둑 관련 기사지만 수가 주인공이라면 다르다.

이미 앞서 많은 사례에서 수가 하면 다르다는 걸 보아왔기에 확실히 알 수가 있었다.

오 분, 십 분, 삼십 분…….

기사가 올라간 지 채 한 시간도 되지 않아서 입질이 왔다.

대한민국 점유율 1위 포털 사이트 검색어에 국가대표 이수가 올라오기 시작한 것이다.

“빙고!”

김수진 기자가 손가락을 탁 튕겼다.

“흐흐, 이제 날아갈 일만 남았구나.”

검색어 상위권에 드는 건 이제 시간문제다.

굳이 외부에 노출하려고 들지 않아도 이 정도 파괴력이면 포털사이트 운영진 측에서도 알아서 기사를 메인에 띄울 것이다.

대중들이 수에게 갖는 관심도를 알기에 조회수를 늘리기 위해서라도 무조건적으로 처리할 것이다.

이 기쁨을 나누기 위해 김수진 기자는 미래의 남편 원성진 4단에게 전화를 걸었다.

"어, 자기야. 난데, 우리 오늘 외식할까? 왜긴, 대박 하나 쳤거든. 응. 수 씨가 진출했어. 고생은 무슨. 랍스타 먹으러 가자. 알았어. 빨리 데리러 와!"

3

—한류스타 이수, 아시안게임 출전!?

—바둑 국가대표 이수, 태극마크를 가슴에 짊어지다.

—한류스타 이수, 아시안게임 선수 겸 명예 홍보 대사에도 발탁되나?

—대치동 살쾡이, 프로 바둑기사, 베스트셀러 작가, 가수…… 천재 이수를 해부하다.

수는 또 검색어 1위에 올랐다.

아시안게임 출전, 국가대표 발탁, 바둑 국가대표 등 수와 관련된 검색어가 1위부터 10위까지 도배를 하다시피 했다.

이 소식은 국내에만 머문 게 아니라 해외까지도 널리 퍼졌다.

특히 중국에서는 대서특필되어 일 면을 장식했다.

그만큼 중국인들의 수에 대한 애정과 관심이 뜨겁다는 증거다.

또 중국 대표로 아시안게임에 출전해 수와 맞서게 될 프로 바둑기사도 거론됐다. 개중에서도 일 순위로 뽑히는 건 누가 뭐라고 해도 천예오예 4단이다.

아니, 이제 4단이라고 부르는 건 옳지 않다.

올해 초에 있던 승단전을 통해서 천예오예 4단은 9단이 되었다. 그간 세계기전과 국내기전의 성적, 승단전 전승이 이루어낸 쾌거다.

올해 들어 13승 1패라는 호성적을 보이는 천예오예 9단의 기세는 무섭다.

파죽지세라는 표현도 부족할 만큼 완벽한 기량과 완숙에 오른 호흡을 보여준다.

그는 중국을 대표하는 가장 강한 기사임에 분명하다.

그에 비해 일본은 주목도가 떨어졌다.

워낙 최근 몇 년간 아시아 바둑의 시류를 중국과 한국에 빼앗긴 까닭에 위세에서 짓눌린 부분이 많은 까닭이다.

하지만 일본 국내 여론을 들여다보면 꼭 그런 것만은 아니다.

일본 특유의 언론 플레이를 통해서 최고의 국가대표가 선발되었으며, 이번에야말로 한국과 중국을 젖히고 금메달을 따낼 일본 최정예 기사들이라며 떠들어댔다.

그러나 바둑에 조금이라도 관심을 갖는 일본인이라면 고개를 저을 것이다.

일본 열도 내 강자는 맞지만 세계기전만 나가면 힘을 쓰지 못했다. 이미 일본기업이 후원하는 세계기전에서조차 한국과 중국의 잔치가 이어진 지 몇 년째다.

바닥에 떨어진 일본 바둑의 위신을 위해 일본 협회는 한 명의 선수에게 기대를 걸었다.

혜성처럼 등장해 작년 기왕전에서 준우승을 차지한 준고 초단이 바로 그 주인공이다.

부적절한 사고에 휘말려 잠시 제명을 당하기도 했지만 준고는 혐의를 벗고 결백을 증명했다.

아버지만이 불법 도박에 연루되어 있을 뿐, 본인이 관여했다는 증거를 어디에서도 찾지 못한 까닭이다.

풍파 끝에 준고는 국가대표 선발전을 거쳐서 일본 국가대표로 합류했다.

아직 결백을 온전히 믿지 않는 이도 많아 언론의 반발도 심하긴 했지만 실력으로 이루어낸 성과였기에 누구도 반대할 수 없었다.

국가대표에 선발된 준고가 가장 먼저 한 일은 한국 국가대표 선수 명단을 물어본 것이다.

통역사의 도움을 받아 선수 이름을 물어본 준고는 명단 중에서 이수라는 이름을 발견하고는 매우 기뻐했다고 한다.

그 장면을 본 일본 한 매체의 기자가 다가가서 연유를 물었다.

"한국의 이수 씨와 맞붙고 싶습니다. 그래서 꼭 그에게 당한 걸 되갚아주고, 금메달을 제 목에 걸고 싶습니다."

준고의 호기로운 인터뷰는 그간 한국과 중국에 치이던 일본 바둑 마니아들의 굶주림을 해소해 주기에 충분했다.

이전까지 준고의 불법 도박 연루와 관련해 미심쩍은 태도를 보이던 언론들도 태도를 바꿔 일제히 준고를 치켜세웠다. 또 수와의 재대결에 의미를 부여하며 다음 승자는 준고가 될 거라고 입을 모았다. 또 그 승리로 말미암아 무너진 세계 일본 바둑의 위상을 조만간 찾아올 거라는 설레발도 잊지 않았다.

한중일.

바둑 삼국지라 불리는, 세계 바둑의 패권을 쥔 삼국의 국가

대표 선발이 이렇게 마무리되었다.

이제 결과는 인천 아시안게임에서 나올 것이다.

누가 메달을 가져갈 것인지.

누가 진짜 아시아 최고의 바둑 강국인지를 가려낼 수 있는 대회가 곧 시작된다.

Chapter 5

1

수의 작업실.

수는 누구에게도 방해받지 않는 공간에서 눈을 감고 건반을 쳤다.

띵, 띠잉!

그저 하나의 소리가 연달아 이어진다.

소리는 음이 되고, 음은 곧 멜로디가 된다.

이 멜로디의 연결이 음악이다.

스스슥!

수는 펜을 집고는 조금 전에 떠오른 악상 그대로를 악보에 옮겨 적었다.

워낙 첨단화되어 굳이 번거로운 작업을 하지 않아도 프로그램에 입력되었지만 수는 굳이 악보에 음표를 그리는 일을 마다하지 않았다.

아날로그적이지만 그게 더 손에 익고 수가 선호하는 작업 방식이었다.

모르긴 몰라도 죽은 김강진이 이렇게 작업하지 않았을까?

수가 펜을 탁 내려놨다.

"됐어."

아주 만족스럽진 않지만 곡의 마침표를 찍는 데 성공했다.

완성도적인 측면에서는 미비한 부분이 많으나 차후 공을 들여서 마무리와 후작업에 신경 쓴다면 훨씬 더 세련되고 고급스러워 보일 것이다.

"포장이 중요한 게 아니야. 내가 쓴 이 곡의 멜로디가 누군가의 마음을 움직일 수 있느냐가 중요한 거지. 어디, 일단 연주해 볼까?"

수는 키보드에 손을 얹었다. 잠시 심호흡을 하며 감정에 몰입하고 연주를 시작했다.

띵, 띠이잉! 띵!

악보에 따라 움직이는 손길이 우아하면서도 부드럽다. 군더더기 없이 손가락이 움직이며 건반을 튕긴다. 기타에 비하면 많이 부족한 솜씨지만 기본적인 연주나 작곡을 하기엔 충분한 연주다.

멜로디는 너무도 서정적이다.

그렇다고 단순히 아름답기만 한 게 아니다. 듣고 있으면 자꾸 누군가를 그리워하게 만드는 묘한 마력이 담겨 있었다.

후렴구에 다다르면 그 감정이 극에 달한다.

특히 치고 올라가는 음정이 굉장히 높다. 여자 노래가 아닌가 싶을 정도의 고음이다.

그렇다고 해서 까칠하거나 거친 느낌은 들지 않는다. 고음이 이리도 애절할 수가 있구나 싶다.

그런데 또 애절하기만 한 건 아니다.

그 애절함 속에 담긴 무언가가 자꾸 톡톡 가슴을 건드린다.

"2절은 허밍으로……."

수는 정면에 비치해 둔 악보를 응시했다. 손수 작업한 곡이다 보니 눈길로 스윽 훑기만 해도 뒤이어 연주할 악보가 절로 떠오른다.

"음음음."

곡조를 따라 수의 허밍이 흘러나온다.

아직 가사를 쓰지 못한 까닭에 어쩔 수 없이 허밍으로 대체할 수밖에 없었다. 그러나 가사가 없다 해도 흥얼거리는 당사자가 수라면 얘긴 다르다.

수는 허밍만으로도 완벽하게 곡의 느낌을 살렸다.

애절하지만 곡에 담긴 진심 어린 감정을 고스란히 전달했다.

"으으음……."

읊조리는 마지막 허밍으로 곡은 끝이 났다.

수는 마우스로 손을 뻗어 녹음 완료 버튼을 눌렀다.

"하…… 너무 감정이 복받쳤네. 주책없게."

핑 돈 눈시울을 휴지로 훔쳤다. 남자는 쉽게 눈물을 보이지 않는다고 했건만 그게 쉽지 않았다.

이 노래는 수의 이야기를 담고 있는 까닭에 감정이 과잉된 느낌이 없지 않아 있었다.

"그보다 생각 이상으로 잘 나왔네. 자꾸 들려주고 싶게 말이야."

잠시 고민했다.

음악에 관련해서는 완벽을 추구하는 수이기에 미완성인 곡을 남에게 들려주는 건 적잖이 신경 쓰이는 문제였다.

"들려주자. 피드백은 많을수록 좋잖아?"

결심한 수는 곡을 usb로 옮겼다. 이메일을 활용할 수도 있지만 해킹이나 유출 우려가 있는 만큼 이 방법이 가장 확실했다.

채비를 갖추고 집을 나선 수는 주차장의 세단을 끌고 스카이블루 사옥으로 향했다.

입구에 다다르자 경비가 차 번호를 확인하고 머리를 푹 숙여 인사했다. 나이는 아버님 또래지만 회사에서 수가 맡은 직책상 늘 이런 식으로 깍듯이 인사했다.

수도 꾸벅 인사를 받았다. 불편하긴 했지만 어쩔 수가 없었다. 이 역시 사회생활의 일부니까.

발렛 파킹을 맡기긴 수는 승강기에 올라탔다. 오 층에 도착하자 곧장 장위안 대표실을 찾았다.

수를 알아본 비서가 장위안 대표에게 수의 도착 사실을 알리고 손수 문을 열어주었다.

"들어가시면 됩니다."

끼이익.

열린 문 사이로 수가 들어갔다.

"오! 오셨습니까?"

장위안 대표가 반가운 얼굴로 수를 맞이했다.

수는 그의 앞에 마련된 소파 중 한 자리를 차지하고 앉았다.

"제가 늦은 건 아니죠?"

"그럼요. 또 좀 늦으면 어떻습니까? 죽이는 걸 들고 오셨다는데."

장위안 대표의 눈이 초롱초롱 빛났다. 그건 무언가를 기대하는 눈초리였다.

수가 피식 웃으며 가방에서 CD케이스 하나를 꺼내 테이블 위에 올려놨다.

"전에 말씀드린, 하모니 3집 미니 앨범 타이틀곡입니다."

"오오!"

장위안 대표가 기쁨을 감추지 못했다.

정점을 찍은 하모니의 인기가 조금씩 시들시들해지는 추세다. 차트 역주행 이후 웬만한 아이돌 음원과는 비교될 수 없는 긴 시간을 차트에 머물고 사랑받았다지만 이젠 한계였다.

그러던 때에 수가 신곡을 들고 온 것이다.

똑똑.

노크 소리가 울렸다.

"들어오세요."

수가 고개를 들어 보니 김남재 기획총괄과 송정규 제작총괄이었다. 그리고 그 뒤로 낯익은 여자가 따라 들어오는 게 눈에 보였다.

"어? 혜지 씨?"

"아, 안녕하세요, 이사님."

공적인 자리인 만큼 혜지가 깍듯하게 호칭으로 부르며 허리를 숙였다.

장위안 대표가 나서서 그녀가 여기 온 이유를 설명했다.

"내가 오라고 했어요. 원곡자이고 작곡가인데 당연히 이 자리에 있어야 할 것 같아서."

"잘하셨어요. 이쪽으로 와서 앉아요. 와서 들어보시고 마음에 안 드는 부분 있으면 콕 집어서 지적하세요. 알았죠?"

"네? 제, 제가 뭘 안다고……."

대표실을 찾아서 많은 윗사람과 함께 있는 게 처음인 듯 혜지가 적잖이 어려워했다.

모두가 한자리에 모이자 송정규가 오디오에 CD를 삽입했다. CD가 돌기 시작하고 얼마 되지 않아 음악이 흘러나왔다.

"제목은 러블리즈입니다."

수의 말이 끝나기가 무섭게 귀를 확 사로잡는 멜로디가 흘러나왔다. 아주 단조로운 듯하지만 맑고 경쾌하며 귀에 익숙하게 들린다.

'이, 이게 내가 작사한 곡이라고?'

혜지는 첫 구절을 듣자마자 깜짝 놀랐다.

전혀 다르다.

수가 손을 좀 댔을 뿐인데, 혜지 본인이 작곡했던 촌스러운 느낌은 눈을 씻고 찾아봐도 찾을 길이 없을 만큼 세련되게 변했다.

'이, 이게 이 쌤의 실력이야. 음원깡패 대치동 살쾡이의 손

길이 닿으면 이렇게 변할 수도 있구나.'

혜지가 힐끗 수를 훔쳐봤다.

다들 음악에 빠져 있는 와중인지라 그런 그녀의 시선에 누구도 신경 쓰지 않았다.

오히려 자신만만하게 음악을 들려주는 수만이 그런 그녀의 시선을 의식한 듯 보였다.

씨익.

시선이 마주치자 수가 웃었다. 입꼬리를 슬그머니 올리면서 미소를 띤다.

"……!"

순간 심장이 덜컹하고 내려앉는 기분이 들었다. 혜지는 어쩔 줄을 모르고 그대로 시선을 피해 버렸다.

심장이 진정되지 않을 만큼 미친 듯이 뛴다. 음악이 아니었다면 앞에 앉아 있는 다른 사람들에게 들리지 않을까 우려스러울 정도다.

그 와중에도 곡은 흘러나온다.

원곡의 느낌은 살리면서도 말랑말랑한 느낌이 살아 있다.

천박하지 않은 섹시함을 강조하던 하모니의 전 곡과는 사뭇 다른 색깔의 곡이다.

듣기만 해도 마음이 따뜻해지고, 무대 위에서 러블리즈의 안무를 추고 있는 하모니를 상상하는 것만으로도 꼬옥 안아주고 싶을 만큼 사랑스럽다.

'곡 너무 좋다.'

두근거리는 심장 때문일까?

막 첫사랑을 시작하는 소녀의 심정을 가득 담은 듯한 러블리즈 곡이 혜지는 너무도 마음에 들었다.

'꼭 이런 곡 해보고 싶었어. 섹시한 것도 좋지만, 우리의 순수한 모습을 보여줄 수 있는 곡 말이야.'

그 바람이 드디어 이루어졌다.

원곡의 유치찬란한 느낌이 아니라 대치동 살쾡이의 편곡으로 더 블링블링한 느낌을 살린 안아주고 싶은 그런 곡으로 말이다.

곡이 끝나자 장위안 대표가 기립 박수를 치듯 자리에서 일어나 칭찬했다.

"와우! 엑설런트! 이수 씨는 천재야. 아니, 어떻게 이런 곡을 써 올 생각을 다 합니까? 두 분이 듣기에도 안 그런가요?"

지목을 받은 송정규와 김남재가 차례로 대꾸했다.

"굉장히 순수한 느낌이네요. 하모니와 뭔가 대조되는 느낌이 들지만 나쁘지 않습니다."

"저는 매우 마음에 드네요. 혜지도 그렇지만 유영이나 다희나 애들 화장 지우면 진짜 착하게 생겼거든요. 지금도 봐봐요. 얼마나 순수하게 생겼는데."

"초, 총괄님!"

순수하고 착하게 생겼다는 말에 혜지가 얼굴을 붉혔다. 나이가 스물 중반에 다다르는 만큼 저런 말들이 왠지 모르게 낯부끄러운 까닭이다.

그때 수가 나서서 말을 보탰다.

"사실인걸요. 하모니의 순수함을 알기에 저도 이 곡을 편곡하고 싶었습니다."

"이, 이사님."

예상지 못한 칭찬에 혜지가 당황하자 수가 눈을 맞추곤 그윽하게 말했다.

"혜지 씨는 이 곡에 잘 어울릴 거예요. 제가 보장하죠."

"……."

혜지는 고개를 푹 숙였다. 지금 고개를 들었다가는 빨갛게 달아오른 얼굴에 속마음을 들킬까 너무도 걱정이 됐다.

다행히 그런 일은 발생하지 않았다. 하모니의 신곡 러블리즈에 관한 추가적인 논의가 필요한 까닭이다. 그중 핵심적인 가사를 두고 수가 말을 열었다.

"그런 의미에서 혜지 씨가 가사도 한번 써보는 거 어때요?"

"제, 제가요?"

"원곡자잖아요. 아무래도 제 감성보단 혜지 씨의 소녀감성이 나을 거 같아서. 부족하거나 미진하면 제가 손을 봐도 되고, 따로 작사가 붙여도 되니까요. 어때요, 괜찮아요?"

"해, 해볼게요."

혜지도 거부하지 않았다.

너무 막중한 책임을 맡는 것 같지만 자기가 손수 쓴 곡에 가사를 붙이는 일은 꼭 해보고 싶었던 일이기도 했다.

"좋아요."

수도 만족스럽게 웃었다.

이제 하모니 미니 앨범 3집의 발매에 관한 기본적인 맥락은 나왔다.

차후에 안무를 짜고, 마케팅과 콘셉트 등을 결정하는 일은 프로듀서와 안무팀, 기획부서 등 전문가들과 신중한 논의 끝에 결정이 날 것이다.

"자, 그러면 이쯤하고 식사라도 하러 갈까요?"

"잠깐만요. 아직 할 얘기가 남았는데."

막 일어나려는 장위안 대표를 수가 잡았다. 그러자 장위안 대표도 심각한 얼굴로 다시 의자에 앉으며 수에게 연유를 물었다.

"왜 그러십니까? 중히 할 말이라도 있으신 겁니까?"

"네, 안 들으시면 후회할 정도로?"

"그게 뭡니까?"

장위안 대표가 긴장된 얼굴을 했다. 수가 이런 장난을 친 적이 없기에 더없이 촉각을 곤두세웠다.

수는 조용히 테이블 위에 usb를 꺼내놓았다.

"제 신곡입니다."

"……!"

신곡이란 말에 대표실 안 모든 사람의 얼굴이 굳어졌다. 놀라움을 동반한 경직은 금세 감추지 못할 기쁨으로 변했다.

"드디어 곡을 완성하셨군요! 그간 고생 많으셨습니다. 오늘 수 씨는 수백만 명 아시안 팬을 위한 큰일을 해내신 거예요."

"뭐, 그렇게까지야."

금칠도 과하면 낯 뜨거운 법이다.

수의 음원이 꼭 아시아 팬들에게 상상할 수 없는 기쁨과 위로라고 빗대는 그의 말에 멋쩍게 볼을 긁적일 뿐이다.

"진짜고맙고요. 안 그래도 수 씨 새 앨범 언제 나오냐고 팬클럽 홈페이지 난리도 아닙니다. 제가 무슨 소리까지 들었는지 아십니까?"

"어떤?"

"제가 회사 일로 수 씨를 이리저리 부려먹어서 수 씨가 새 곡을 쓸 시간이 없는 거라고 어찌나 닦달하던지, 수 씨를 그만 놓아달라며 협박 메일까지 보내왔습니다. 하! 저도 나름

서럽다고요."

그간의 마음고생을 털어놓으며 장위안 대표가 하소연을 했다. 정말 적잖이 시달린 모양이지만 다 큰 중년 남자가 저리 엄살을 떠는 모습이 사뭇 웃겨 보이기도 했다.

"아직 미완성이에요. 곡은 나왔는데 가사를 쓰진 못했거든요."

"그거야 앞으로 쓰면 되는 거 아닙니까? 이미 곡이 나왔다는 사실이 중요한 거죠. 안 그렇습니까, 두 분?"

장위안 대표가 고개를 돌려서 스카이블루의 왼팔, 오른팔이라 불리는 총괄들에게 호응을 바랐다.

"암요, 저도 기대됩니다. 아시겠지만 제가 수 씨의 열렬한 팬이거든요."

"가사가 아직 없다는 게 아쉽지만 그래도 궁금하네요. 들어보고 싶습니다."

김남재와 송정규도 죽이 착착 맞았다.

뭐, 그렇다고 꼭 없는 말을 한 것도 아니다. 김남재 기획총괄은 수의 음악성을 굉장히 높게 평가했으며, 근래 들어서 실종되다시피 한 진짜 음악을 할 줄 아는 아티스트로 여겼다.

반대로 송정규 제작총괄은 수에 대한 열등감과 반발심이 강했었다. 그러나 대치동 살쾡이가 수임이 밝혀진 후 자신보다 뛰어난 센스와 감각을 지닌 걸 인정했다. 그 뒤론 사사건

건 태클을 걸기보다는 폭넓은 사고방식으로 수의 음악적인 영감을 받아들이고 배우기 위해 노력하는 자세를 취했다.

"저도 이사님 신곡을 들어보고 싶어요."

혜지도 용기를 내서 덧붙였다.

미완성이라는 건 문제가 되지 않는다. 수의 깊은 감성과 격조 높은 곡조, 우아한 가락은 듣는 것만으로도 치유의 음악이었다.

"이거 다들 그리 말씀해 주시니 부끄럽지만 한번 틀어볼게요."

용기를 얻은 수가 usb를 최신 오디오에 꽂았다. 따로 컴퓨터와 연결을 하지 않아도 자동으로 인식되어 트랙 재생이 가능했다.

딩, 디이잉, 딩!

피아노 반주가 흘러나온다. 잔잔한 바다 위를 걷는 듯한 느낌의 멜로디다. 한때 인기를 끌었던 일본의 뉴에이지를 연상시키는 듯한 피아노 반주가 돋보인다.

"음! 역시 좋군."

전주를 들었을 뿐인데 장위안 대표는 격한 감정에 취한 느낌이었다. 흡사 쇼팽의 음악을 들은 듯한 감정의 표현이랄까.

어찌 됐든, 전주가 끝나고 수의 허밍이 흘러나왔다.

—음음음으으음음음.

비록 가사로는 전달되지 못했지만 멜로디만 있는 음악에 생명력을 불어넣기에는 충분했다.

특히 하이라이트는 후렴이었다.

"……!"

자리에 모인 네 사람은 약속이라도 한 듯 후렴을 듣자마자 어깨를 흠칫 떨었다.

그리고 밀려오는 전율!

너무도 편안하게 가성과 섞인 고음을 자유자재로 내는 수의 발성법에 대한 놀라움이었다.

'가창력 종결자란 말이 괜히 붙은 게 아니야.'

'이런 군더더기 없이 부드러운 발성이라니. 미성들도 쉽지 않은 일인데…….'

'지, 직접 들으니 더 소름이야. 어떻게 이런 소울에 고음, 감성까지 다 잡을 수가 있지? 이게 정말 사람이 가능한 거야?'

수의 가창력엔 정말 이견의 여지가 없었다.

단순한 허밍만으로도 곡의 느낌과 포인트를 정확하게 살리는 것도 모자라서 사람의 넋을 빼놓을 만큼 유려한 고음과 우아한 가성, 치명적인 소울을 뿜어낸다.

가창력에 대한 감탄 이후에 찾아온 건 곡이 선사하는 감동이다.

그러나 그 감동의 종류는 저마다 많은 차이를 보였다.

"아……."

곡에 푹 빠져 있던 송정규가 나지막이 숨을 토해냈다.

허밍만으로도 전해진다. 멜로디만으로도 가슴이 짠해지는 음악은 정말 오랜만이다.

트렌디한 아이돌 음악의 홍수 속에서 이런 진정성 있는 음악을 듣는 것만으로도 가슴이 벅차고 기쁘다는 인상을 받았다.

'뭐야, 마냥 슬프지만은 않잖아?'

가슴에 손을 얹은 송정규는 이상한 느낌을 받았다.

아직 가사가 없는 만큼 곡의 정확한 의미 전달은 어려웠다. 그저 멜로디와 허밍만으로 그 느낌을 받아들일 수밖에 없는 입장이다.

그래서 그런지 너무도 이상하다.

눈물이 날 것같이 짠하게 울리는 데도 감정이 복받치지는 않는다.

그 비슷한 느낌을 송정규도 받았다.

국문학을 전공하고 90년 대 작곡가 겸 프로듀서로서 각광을 받았던 그는 좀 더 이 슬픔 속에 담긴 안온함의 정체를 명확하게 읽어냈다.

'흔해 빠진 이별을 다룬 음악은 아니야. 딱 꼬집어서 얘기

할 수는 없지만…… 2절 후렴까지 들으면서 내가 받은 느낌은 굉장히 희망적이야.'

느낌이란 게 굉장히 추상적이다. 객관적인 지표가 되지는 못했지만 그럼에도 불구하고 김남재와 송정규는 비슷한 느낌을 받았으며 그 판단은 꽤나 정확하기도 했다.

그리고 엇비슷하지만 전혀 다른 인상을 받은 사람이 한 명 더 있었다.

하모니의 리더 혜지였다.

'이, 이건…….'

혜지의 큰 눈망울이 심각하게 동요했다.

가슴은 뻥 뚫린 듯 허전하다.

너무도 애절한 멜로디에 취한 걸까?

아니다.

그것만이라면 그녀는 이런 반응을 보이지 않았을 것이다.

앞서 두 사람과 마찬가지로 슬픔 속에 담긴 희망적인 느낌을 보았다.

명확하게 알 수 없지만 그 희망이 전하고자 하는 메시지가 그녀로 하여금 숨죽이고 있던 감정이란 짐에 불을 놓고 말았다.

뚝.

끝내 혜지의 눈시울이 붉어졌다. 굵은 눈물이 그녀가 의식

하지 못한 사이에 눈매를 타고 떨어졌다.

'……알 것 같아. 이 노래의 주인공이 누군지, 이 쌤이 누구를 위해 이 음악을 썼는지도.'

혜지는 얼른 누가 볼세라 감정을 추슬렀다. 그러나 그럴수록 격앙은 더욱 심해지고 붉어진 눈시울 너머로 눈가는 촉촉해진다.

동시에 그녀의 시선이 힐끗 수에게 향한다.

다행히 혜지의 시선을 의식하지 못한 듯 수는 오디오에 귀를 기울여 미진한 부분을 찾고 있었다.

'사랑하는 여성분이 계시는 거군요.'

그녀는 알았다.

수에게 사랑하는 여자가 있음을.

굳이 가사를 듣지 않아도 이 곡에 담긴 의미와 감정을 짐작할 수 있다.

음악이란 그런 것이다.

억지로 표현을 하지 않아도 전하고자 하는 진심이 전해지는 힘이 있다.

'이 곡의 주인공은 참 행복한 분이에요. 그리고…… 틀림없이 아름다운 분이시겠죠. 엄청…….'

수는 멜로디로 말하고 있다.

너무도 사랑한 여자가 있음을. 또 그녀가 곁에 있어준 것에 고맙고, 미안하며, 행복하게 해주지 못한 것에 슬퍼한다.

평범한 음악이라면 그게 다일 것이다.

하지만 수의 허밍을 들으면 얘긴 달라진다. 멜로디 속에 감춰진 의미 모를 따뜻함의 정체가 허밍 속에 담겨 전해지고 있었다.

그건 약속이다.

그리고 기약이다.

'……함께 가길 바라고 있어. 끝까지.'

혜지는 똑똑히 들었다.

이건 수가 사랑하는 여자에게 바치는 연가다. 또 참회와 고마움, 그리고 미래의 행복을 약속하는 곡이기도 하다.

행복하게 해주지 못한 지금에 미안해하면서도 이 순간을 늘 가슴에 품고 오늘보다 행복한 내일을 기약하고 있다.

'나도 참 칠칠맞게. 질질 짜고나 있고.

겨우 감정을 누르고 있지만 마음먹은 대로 잘되지 않는다. 차라리 이 곡을 듣지 않았다면 어땠을까 하는 후회가 밀려왔다.

그녀도 안다.

헛된 기대라는 걸. 그래서 늘 외면했고 모르는 척 일관했다.

그러나 사람 감정이 어디 마음먹은 대로 된단 말인가.

몰랐다면 지금처럼 아프지도 않았을 것이다. 또 어울리지 않는다고 생각하면서도 내심 기대하는 마음이 없지 않았다. 그러지 않았다면 서운한 마음도 남지 않았을 것이다.

그리고.

끝나지 않을 것 같았던 곡이 끝났다.

"어떠세요?"

수가 참지 못하고 곡의 감상에 대해 물었다.

제일 먼저 답을 준 건 장위안 대표다.

"아…… 말이 필요 없네요. 최고입니다. 뭐, 이런 곡이 다 있죠? 가사 쓰면 바로 발매합시다. 이건 발표하는 순간에 음원 차트 올킬입니다. 제가 보장하죠."

"감상은 그게 다인가요?"

"네? 아뇨, 너무 슬펐어요. 그러니까 자식을 잃은 원숭이의 창자가 끊겨져 나갈 만큼?"

"……."

수는 포기했다.

장위안 대표의 가장 큰 장점은 이성적이란 것이다. 가장 큰 단점은 지나치게 이성적이라는 것이다.

'기대한 내가 바보지.'

즉 장위안 대표는 사업적인 부분에 있어서는 굉장히 계산적으로 대응하고 움직일 수 있지만, 감성을 다루는 음악적인 분야에선 한계가 명확했다.

그런 맥락에서 볼 때 음악적인 분야에서 감성적인 부분이 강한 수가 도움을 주기 위해 이사의 직함을 달고 있는 것이기도 하다.

따지고 보면 이성적인 장위안 대표와 감성적인 수의 파트너 관계는 대한민국 기획사 중에서도 가장 이상적인 조합이라고 해도 과언이 아니다.

"두 분은 어떠셨어요?"

수의 시선은 자연스럽게 송정규와 김남재에게 향했다.

가장 먼저 답을 준 건 송정규였다.

"가슴이 찡하진 않은데 듣고 있을수록 아련해지는 곡이었어요. 근데 제 귀가 이상한 걸까요? 듣고 있는 내내 묘하게 슬프기만 하진 않았어요."

"슬프기만 하진 않았다?"

"네, 뭐라고 해야 하지. 느낌은 있는데, 뭐라고 설명을 못 하겠네요."

"그거면 충분합니다."

수가 만족스럽게 웃었다.

다음 차례는 김남재였다.

"신선한 충격을 받았습니다. 정통 발라드인데, 또 이상하게 처지거나 올드한 느낌을 받지 않았어요. 또 특히 후렴 부분의 그 가성과 고음…… 무슨 말이 더 필요할까요. 최고의 감동을 주었습니다."

"좋은 평가 감사해요."

감성적인 평가는 아니었지만 기술적인 평가에 수도 흡족했다.

아무리 좋은 곡이더라도 앞으로 가장 기본적인 이 곡을 들을 대중들의 마음을 얻지 못한다면 무의미한 까닭이다.

"마지막으로 혜지 씨의 감상을…… 어? 어!"

수가 추스르긴 했지만 감출 수 없이 충혈된 혜지의 눈을 보며 놀라서 물었다.

"우, 우셨어요?"

"네……."

"제 곡이 그렇게 감동적이셨어요?"

반사적으로 수 특유의 말버릇이 튀어나왔다.

누군가에게 감동을 주는 직업이 가수다. 그 감동이 극에 달했을 때 청취자들이 보답으로 보이는 게 눈물이라고 수는 생각했다. 혜지의 눈물은 곧 아티스트인 수에게 있어서 무엇과도 바꿀 수 없는 선물이었다.

혜지는 숨을 돌리고 차분하게 감상평을 이어갔다.

"제가 뭐라 왈가왈부할 수 있는 수준의 곡이 아니에요. 그냥 느낀 점만 짧게 말할게요."

"네."

"이 곡을 듣는 내내 그런 생각이 들었어요. 이사님이 참 많이 사랑하는 분이구나. 그런데 또 미안해하는 분이구나."

"……."

"그랬는데, 곡이 절정에 다다를 무렵 생각이 바뀌었어요. 이건 사죄나 용서의 느낌이 아니었어요. 잡고 있던 누군가의 손을 놓아주기는커녕, 더 꽈악 잡아주는 그런 기분이 들었어요."

수의 눈이 이채를 띠었다.

네 사람 중 혜지만 유일하게 수가 쓴 곡의 진면모를 알아본 것이다.

"그런 느낌이었어요. 함께 걷자. 언제까지고 내가 곁에 있어 줄게. 그리고……."

잠시 머뭇거리던 혜지가 망설임 끝에 마지막 감상평을 전했다.

"이 곡에 등장하는 그분이…… 이사님에게 이런 넘치는 사랑을 받고 계신 그분이…… 미치도록 부러웠습니다.

Chapter 6

1

이틀 뒤.

수는 영종도를 찾았다.

인천국제공항이 있는 영종도는 최근 국제도시를 내세우며 많은 건물이 올라가 한창 발전 중이었다.

초봄이라지만 아직까진 해가 짧은 저녁. 영종도를 찾은 수가 향한 곳은 허름한 가든이었다.

전복 토종닭이 일품인 이곳은 아직 방송을 타지 않은 까닭에 관광객들이 몰리진 않았지만 입소문을 타고 오는 손님들로 늘 북적였다.

주차장에 차를 세운 수가 내렸다.

꽁꽁 머리부터 발끝까지 싸맨 것도 있지만 어둑한 밤이라서인지 수를 알아보는 이는 없었다.

수는 밖에서 일을 보던 직원에게 자신이 왔음을 알렸다.

직원은 눈을 휘둥그레 뜨고 수를 보더니 사전에 전달받은 사항이 있는 듯 이내 정신을 차리고 뒤뜰에 위치한 별채로 안내했다.

허름하던 식당 건물과 달리 전통 한옥을 표방한 별채는 이젠 보기 힘든 한지로 멋을 내 한국적인 멋이 듬뿍 담겨 있었다.

"곧 일행이 올 테니 미리 준비해 주세요."

"네."

직원은 깍듯이 예의를 갖추고는 물러갔다.

홀로 남은 수는 별채 안 이곳저곳을 둘러보았다. 실내는 전통 함과 도자기로 운치를 살렸다. 또 뜨끈뜨끈한 온돌 바닥은 초봄의 서늘함을 잊게 만들기 충분했다.

"장 대표님은 이런 곳을 또 어떻게 아셨대?"

수는 오늘 가질 만남의 장소를 두고 고민했었다.

수는 이미 모르는 사람이 없을 정도로 유명세를 타는 입장이 되어서 자유롭게 약속 장소를 정하고 누군가를 만나는 일이 쉽지 않았다.

얼마 전에도 한국기원에서 국가대표 선발전을 마치고 나오다 근처에서 사진이 찍혀 인터넷 검색어에 오르기도 했다.

그런 일이 잦아지다 보니 수도 점점 더 조심스러워질 수밖에 없었다.

'하! 또 큰 이유는 회 좀 그만 먹고 싶어서지. 내 위장이 어항도 아니고 어떻게 맨날 생선만 먹고 지내는지 원.'

남들이 보면 배부른 투정이라고 할 수도 있었지만, 수의 입장에선 나름 심각한 고민이었다.

스카이블루 업무와 개인적인 스케줄을 소화하다 보면 본의 아니게 미팅이 잦아진다. 자연히 사회적인 위치가 있는 사람을 자주 만날 수밖에 없었고 그러다 보면 격식을 차리는 식당을 수소문하게 된다. 그중 대표적인 음식점이 바로 앞서 언급한 일식집이다.

이런저런 생각을 하며 기다리기를 얼마의 시간이 지났을까?

드디어 오늘 만남의 주인공이 도착했다.

드르륵!

미닫이문이 열리는 것과 동시에 하이 톤의 목소리가 들린다.

"쇼우 오빠!"

세상을 품듯이 양팔을 쭉 펴고 걸어 들어오는 목소리의 주인공은 류시시였다.

"어? 오셨어요?"

수가 양반다리를 풀며 일어날 때였다. 그녀가 외투를 벗는 것도 잊은 채 수에게 몸을 날렸다. 피하면 그대로 넘어질 수밖에 없는 상황이다. 결국 그녀는 얼떨결에 수의 품에 안겨 있는 모양새가 되고 말았다.

"이게 얼마 만이에요? 아…… 너무 좋다. 오빠의 체온을 내 몸으로 느낄 수 있다니. 기왕 있는 거, 이대로 스르르 넘어져서 다음 진도까지 다이렉트로 빼는 게……."

수의 품에 꼭 안겨서 떨어질 줄 모르는 류시시가 망상을 품었다.

그러나 그걸 용납할 수가 아니었다.

"죄송한데, 좀 떨어져 주세요. 숨이 막혀서……."

억지로 떼어내다시피 해서 류시시를 밀어냈다. 그녀가 악착같이 버텨내느라 애를 좀 먹긴 했지만 결국 성공적으로 떼어낸 다음 자리에 앉았다.

"못 보신 사이에 얼굴이 좋아지신 거 같네요?"

"그래 보여요? 오늘 온다고 할리우드 여배우들이 받는다는 특급 피부 관리 받았거든요. 게다가 오자마자 쇼우 오빠 품에 안기는 계까지 타니, 표정 관리가 안 되네요."

류시시와는 반대로 수는 애써 표정 관리를 했다.

팬클럽 부회장이자 고은은의 친구가 아니었다면 그녀의 무례함을 참지 못하고 자리를 박차고 나가고도 남았을 것이다.

드르륵!

문이 열리더니 곱게 한복을 차려입은 여직원이 밑반찬을 내왔다. 정갈하면서도 맛깔난 토종 시골 반찬들로 도시에서 보기 힘든 음식들이다.

토종닭의 특성상 익히는 데 시간이 오래 걸린다. 그간의 안부를 묻고도 메인 요리가 나오지 않자 자연스럽게 오늘 만난 궁극적인 이유가 될 대화의 주제로 넘어갔다.

"일단 팬클럽에 계신 많은 분이 발 벗고 나서서 도와주셨어요. 꼭 시간 내셔서 팬클럽에 고맙단 글이라도 남겨주세요."

"꼭 그럴게요."

류시시가 가방에서 두툼한 서류철을 꺼내서 건넸다.

서류철을 받아 든 수가 첫 페이지를 펼치자 '리 쇼우 오빠 돕기 프로젝트 1호 기획서'라는 매우 유치한 제목이 큼지막하게 쓰여 있었다.

"저희의 사랑을 듬뿍 담은 기획서예요."

수는 말없이 한 장, 한 장 넘기며 내용을 훑었다. 그 속도에 맞춰서 류시시가 이해를 돕기 위한 부수적인 설명을 붙였다.

"생각보다 재정 상황이 안 좋아요. 특히 현금이 막혔어요. 홍콩은행뿐만 아니라 모든 은행이 대출 연장을 금했어요."

"그러면 부도가 날 수도 있지 않습니까?"

"보면 아시겠지만 유력해요. 대표적으로 주식을 보면 아시겠지만, 반에 반 토막이 나버렸어요. 주력 계열사가 그럴진대 다른 하위 계열사들은 뭐 말하면 입 아플 수준이죠."

수는 굳은 얼굴로 페이지를 넘겼다.

이전에 본 란커그룹의 현황보다 좀 더 적나라하게 분석된 실정은 막막함 그 자체였다. 이 추세라면 그룹 간판을 내리고 파산을 하거나 언제 인수 합병을 당한다고 해도 하등 이상할 게 없는 상황이었다.

"그러면 그룹을 살릴 수 있는 방법은 없는 건가요?"

가슴이 답답해진 수가 참지 못하고 물었다. 이 기획서만 보아서는 회생의 가능성이 사실상 전무한 까닭이다.

그걸 인지하고 있는지 류시시도 조심스럽게 대답했다.

"그걸 보시면 아실 테니, 솔직하게 말할게요."

"네."

"쇼우 오빠한텐 죄송하지만, 지금 추세라면 란커그룹의 회생 가능성은 제로에 가까워요."

"……."

우려했던 대답이 기어코 류시시의 입을 통해서 나오고 말았다.

"결국 그런 답이 나오고 말았군요."

"실망시켜 드렸다면 죄송해요. 팬클럽 회원분 중에는 상해의 경제를 쥐고 있는 분도 여럿 계셨어요. 그분들이 머리를 싸매고 고민했지만 그룹 자체를 살리는 건 무리라고 판단했어요."

"제가 나선다고 해도 마찬가지겠죠?"

수가 마지막 희망으로 담아 물었다.

그러나 돌아오는 대답은 비관적이었다.

"네, 자칫 잘못하다간 물귀신처럼 엮여 들어갈 수 있어요. 쇼우 오빠의 이미지마저 크게 타격을 입을 거예요."

"……."

"굳이 방법을 들자면 중국 정부가 란커그룹을 살리기 위해 천문학적인 자금을 쏟아붓는 건데 그럴 일은 없을 거예요. 이미 란커그룹의 핵심 사업을 다른 그룹들이 눈독들이고 있거든요."

수가 물었다.

"그러면 계열사들이 따로 매각되는 형태로 진행이 되는 건가요?"

"네, 란커그룹의 이미지가 안 좋을 뿐이지. 그들의 노하우나, 유통망, 상품성은 여전히 훌륭하거든요. 그걸 가져가겠다는 심산이죠."

"……생각 이상으로 안 좋은 거군요."

수는 입이 썼다.

류시시를 필두로 한 팬클럽의 재능을 빌리면 뭔가 해답을 찾을 수 있지 않을까 기대했다. 그러나 인력으로 할 수 있는 일에는 한계가 명확했다. 이미 기울어져 가는 란커그룹을 살리기엔 너무 늦은 듯했다.

그때였다.

류시시가 갑자기 박수를 쳤다.

"자, 여기까지 1부 끝!"

"그게 무슨 소립니까?"

수가 영문을 알지 못하고 반문했다.

"말 그대로예요! 이제 1부가 끝난 거죠!"

"이해가 안 가네요. 알아듣게 설명해 주세요."

수가 답답하다는 듯이 되물었다. 류시시의 표정으로 짐작컨대 뭔가 수가 있는 것 같은데 빙빙 말만 돌려대니 답답했다.

류시시가 히죽 웃었다.

"제가 아까 했던 말 기억나세요? 란커그룹의 회생 가능성은 없다고 한 말."

"네, 기억해요."

"아 다르고 어 다르긴 한데, 기업은 문을 닫는다고 해서 끝이 아니라는 말 들어보셨어요?"

"아뇨, 그게 무슨 말이죠?"

수는 전문적으로 기업을 경영한 적도 없고, 그쪽 분야에서 일을 하지도 않았다. 그만큼 지금 류시시의 말을 이해하고 받아들이는 게 쉽지 않았다.

"쉽게 설명 갈게요. 그룹이 망하면 주력 계열사들을 매각해요. 그러면 그 노하우를 탐내는 다른 그룹에서 매입을 하게 되죠."

"이해했어요."

"그러면 그 계열사는 망한 건가요?"

"네?"

"타그룹의 이름을 달았을 뿐, 똑같은 제품을 생산하고 같은 유통망으로 판매하는 데도요? 이름만 바뀌었을 뿐 다른 건 그대론데?"

어렵다. 근데 무슨 말인지는 대충 알 것 같았다.

그룹이 망한다는 것이 곧 계열사가 망한다는 말은 아니다. 물론 구조조정도 있으며 인사 개혁도 있다. 그러나 그 뼈대와 근본은 변하지 않는다는 말이다.

"제 말의 요지는 이거예요."

"……."

"오빠, 우리 판 엎죠."

수가 미간을 찌푸렸다.

알 것 같으면서도 잘 모르겠다. 분명 새로운 해답의 실마리를 그녀가 제시하고 있음에도 불구하고 뜬구름을 잡는 기분이다.

'판을 엎는다? 무슨 말인지 모르겠어. 이럴 줄 알았으면 공부라도 좀 해둘걸.'

머리에 쥐가 날 정도로 생각을 해봐도 도무지 의도한 바를 파악할 수 없다.

"시시 양, 좀만 더 알기 쉽게 설명해 주실래요? 판을 엎다니요?"

"아까 1부 끝이라고 했던 말 들으셨죠?"

"네."

"지금부터가 2부입니다. 2부의 성립을 위해 란커그룹은 지금까지 갖고 있던 이름뿐만 아니라 계열사까지 버려야 합니다."

수의 머릿속에 뭔가가 휙 스쳐 지나갔다.

"판을 다시 짠다는 말씀이 혹시……."

류시시가 빙그레 웃었다.

"이제 감 잡으셨나 보네요. 맞아요. 대중에게 미운 털 박힌 란커그룹은 이제 없습니다. 다 잊고 판을 다시 짜는 거죠."

수의 눈이 크게 떠졌다.

판을 엎자는 의미를 그제야 이해했다.

굉장히 충격적인 말이다. 수로서는 도저히 상상조차 못 했던 일이다.

"지금처럼 어설픈 구조조종은 눈 가리고 아웅입니다. 좀 더 메스를 대자는 거죠."

류시시가 웃었다.

"란커그룹의 모체인 심장만을 남긴 채 썩은 살점은 죄다 도려내는 겁니다."

"……!"

2

"살점을 도려낸다…… 그것도 스스로……."

수는 앞서 류시시가 한 말을 몇 번이고 읊조리며 반복했다.

그러면서 머릿속은 그녀의 말에 담긴 진의와 참뜻을 알기 위해 쉼 없이 돌아갔다.

'말은 그럴싸해. 하지만…….'

긍정적인 말을 들은 것에 반해 수의 표정은 어두웠다.

판을 다시 짠다.

수는 이 말을 다시 읊조렸다.

말만 들어서는 아주 그럴싸하다. 꼭 드라마나 영화 속에서 재도약을 위한 거창한 계획을 보는 것처럼 의미심장하다.

그러나 수는 그 말을 그리 긍정적으로 받아들일 수는 없었다.

'기업을 다시 일으켜 세우는 게 말처럼 쉬울 리가 없잖아?'

잘은 모르지만 기업의 창업과 관련된 서적을 읽어본 적이 있다.

하나의 기업이 우뚝 서기까지 과정을 간접적으로나마 체험할 수 있었는데, 그건 사람이 노력을 한다고 해서 성공을 한다 만다 말할 수 있는 문제가 아니었다.

수많은 난간과 시도, 실패, 좌절, 도전이 어우러져야만 아주 적은 확률로 성공이 가능하다.

그 정도 사리분별은 할 줄 알기에 수는 그대로 받아들일 수가 없었다.

드르륵!

"식사 나왔습니다."

때마침 직원이 메인 요리인 전복 토종닭 백숙을 들고 나왔다.

한약재로 우려낸 백숙은 보기만 해도 입안에 군침이 돌았다. 그러나 수는 좀처럼 식욕이 돋지 않았다.

란커그룹의 회생이 어렵다는 사실을 고은은에게 어떻게 전해야 할지 막막한 까닭이다.

수의 표정에서 그런 속내를 읽은 류시시가 토라졌다.

"쇼우 오빠, 너무하시네."

"네?"

"제 얘기 아직 안 끝났거든요? 꼭 란커그룹 살리기 힘들다고 좌절한 사람의 표정을 짓고 계시잖아요!"

"……죄송해요. 저도 모르게 그만."

수가 솔직하게 사과했다. 다 틀렸다는 생각을 한 건 사실이니까.

류시시가 툴툴 거렸다.

"김새네요. 다 먹고 얘기한 다음에 칭찬 왕창 받으려고 했는데, 피! 지금 얘기하고 먹어야겠네요."

"뭘?"

"단도직입적으로 얘기할 테니 잘 들으세요."

류시시는 살짝 화가 난 듯 보였다.

지금까지 류시시에게 전폭적인 지지와 믿음을 보내던 수였다. 그런데 지금의 눈길에선 그러한 신뢰가 사라졌다.

'포기한 눈빛이야.'

분명 그녀는 얘기했다.

판을 엎자고.

근데 수의 반응은 신통치 않았다.

열렬한 반응을 보이면서 왜 그렇게 생각했냐면서, 적극적으로 의문을 표할 거라는 예상과 전혀 반대된 모습을 보여줬다.

오기가 생겼다.

어떻게든 수에게 다시 자신을 과시하고 인정받고 싶었다.

류시시는 검지를 폈다. 숫자 1을 가리켰다.

"기간은 일 년으로 잡을 거예요."

"일 년이라…… 생각보단 짧네요?"

"그 기간 안에 란커그룹은 편의점을 제외한 모든 계열사를 매각합니다. 나름 노하우와 유통망이 있는 사업이니 다른 기업들에서도 욕심낼 거예요."

끄덕.

수도 동의했다. 비록 란커그룹이 파산하기 직전이라지만 대기업이다. 중국 내부 시장에 미치는 영향력이 건재하다곤 할 수 없지만 무시할 수 없는 수준이다.

"24시간 편의점 가맹 사업 OU를 제외하곤 모두 정리합니다. 그리고 지금부터가 핵심이에요. 계열사 란커식품 중 한 곳인 푸드케어를 독립시킬 겁니다."

"푸드케어?"

란커그룹에 대해 관심이 많다지만 계열사에 달린 브랜드

하나하나까지 수가 전부 파악할 수는 없는 일이었다.

"제가 드린 서류 43페이지를 보세요."

말로 설명을 하는 것도 좋지만, 데이터는 눈을 보는 게 낫기에 직접 보길 권했다.

수가 잠시 손에서 내려놓았던 서류철을 들고 언급한 쪽을 펼쳤다.

그곳엔 란커그룹에 속한 푸드케어라는 브랜드에 관련된 자세한 설명과 매출 추이, 시장점유율 등이 세세하게 기재되어 있었다.

"이유식?"

가장 눈에 띄는 대목을 본 수가 중얼거렸다.

푸드케어는 친환경 유기농을 기반으로 한 이유식 전문 브랜드였다.

"쇼우 오빠가 관심 깊게 보셔야 할 점은 매출과 시장점유율이에요."

"매출과 점유율?"

수의 시선이 다시 서류철로 향했다.

푸드케어에 대한 설명 아래로 친절하게 그래프가 실려 있었다.

큰 맥락인 년도와 분기별로 나뉘어 매출 추이와 시장점유율이 그래프로 한눈에 알아보기 쉽게 표기되어 있었다.

"매출이 꾸준하네요?"

수가 놀란 듯 입술을 매만졌다.

"작년 이때가 란커그룹 식품 파동이 일어났던 달로 기억하는데, 그때부터 지금까지도 쭉 똑같아요. 어떻게 이럴 수가 있죠?"

"점유율도 확인해 보세요."

"시장점유율이 8%에서 9%로 늘었어?"

수는 그래프를 보면서도 쉬이 믿기질 않았다.

따지고 보면 이유식도 식품 사업이다 보니 타격은 불가피했다.

특히 내 아이에게만은 좋은 것을 먹이려고 하는 부모의 마음이 다 같은 만큼 식품 파동과 더불어 이유식 사업도 끝장나야 옳다.

그런데 이게 웬걸, 그래프를 보니 전혀 매출에 영향을 받지 않았다. 아니, 식품 파동 이후에도 근소하게나마 매출이 늘었고 시장점유율도 늘었다.

눈으로 보고도 믿기 힘들 정도다.

"이게 사실인가요?"

"네."

"잘 납득이 안 돼요. 레스토랑과 도시락 같은 요식업 사업이 박살이 났는데, 어째서 이유식은 멀쩡할 수가 있는 거죠?"

수의 연이은 질문에 드디어 류시시의 입꼬리가 슬그머니 올라갔다.

그제야 뭔가를 해낸 것 같은 성취감과 함께 어깨에 힘이 들어갔다.

“뭐, 이유가 있었으니까 그렇죠.”

“이유?”

“잠깐만요, 저 요거만 마저 먹고 하면 안 될까요? 다 식기 전에 다리 하나만 뜯게요.”

“……그럽시다. 먹고 얘기하죠.”

류시시는 빙긋 웃으면서 토종닭 다리를 딱 잡고 찢더니 수의 앞 그릇에 덜어주었다. 또 함께 들어간 전복 중에서도 가장 큰 걸 집어서 얹었다.

“헤헤, 많이 드세요. 제 사랑입니다.”

“시시 양도 드세요.”

“전 쇼우 오빠가 먹는 모습만 봐도 배불러요.”

“……”

류시시가 턱을 괴더니 미소를 머금곤 수를 뚫어져라 빤히 쳐다본다.

‘먹다 체하겠군.’

그러나 뭐라고 하기도 그렇다.

늘 어려운 부탁을 하고, 도움받는 게 얼마나 많은데 쳐다본다는 이유로 고개를 돌리라고 하기엔 너무 몰염치했다.

결국 과한 시선 속에서 수가 닭다리를 집어서 와락 뜯었다.

류시시는 행복에 겨워 벅찬 눈길로 그런 모습에서 눈을 떼지 못했다.

'아, 멋있어. 닭을 먹는 모습도 어쩜 저리 터프하고 남자다울까? 먹는 모습만 봐도 배부르네.'

안타까운 게 있다면 이 순간을 영원히 사진으로 기억하고 싶지만 그러지 못한다는 거다. 류시시는 욕심을 억누르기 위해 꾹 참았다.

수의 일상적인 모습을 사진으로 남기고 싶다지만 식사자리인 만큼 수에게 부담을 주고 싶지 않았다.

어느 정도 배를 채우고 나자 다시 이야기가 본론으로 돌아왔다.

"아까 하던 얘기 계속하죠. 도대체 식품 파동 이후에도 이유식의 매출이 유지될 수 있는 비결이 뭡니까?"

"잠시만요. 입만 좀 닦고. 쇼우 오빠 앞에서 전 항상 사랑스러운 여자이고 싶거든요."

류시시가 티슈로 입술을 스윽 닦아내더니 고개를 돌려 이에 이물질이 끼지 않았는지 확인하곤 차분하게 입을 열었다.

"푸드케어에서 이유식 사업을 시작할 때 내건 타이틀이 웰빙과 투명한 신뢰, 유기농이었어요."

"음."

"웰빙과 유기농 같은 슬로건이야 흔하죠. 다 하는 거니까. 포인트는 바로 신뢰예요."

"저도 궁금하네요. 도대체 어떤 방식으로 소비자들에게 신뢰를 준 거죠?"

류시시가 씨익 웃었다.

"제조 과정을 온라인으로 공개했어요. 그것도 공장별로 실시간으로 확인 가능하게요."

"……!"

"그뿐만 아니라 자재 납품까지 실시간 파악이 가능해요. 이유식에 들어가는 채소류 거래 농장은 소비자의 여론까지 고려해서 선별했죠."

"그, 그게 가능해요?"

수는 믿을 수가 없었다. 말이 투명한 신뢰지 사업을 하다 보면 크고 작은 문제들이 벌어지게 마련이다. 그걸 전부 다 오픈한다는 건 웬만한 자부심과 자신감이 없이는 불가능한 일이다.

"아뇨, 불가능하죠. 근데 그거 가능하게 했어요. 푸드케어 양앙 본부장이."

"대단한 사람이군요. 꼭 한번쯤 만나보고 싶은 생각이 들 만큼."

놀랍다.

그러니 란커그룹 식품 파동으로 인해 요식업이 전부 박살이 났음에도 불구하고 이유식 계통 매출이 꾸준할 수 있었던 거다.

'나라도 믿고 우리 애한테 먹일 수 있을 것 같아.'

결국 필요한 건 신뢰다.

양앙 본부장은 이유식에서 가장 중요한 부모들과의 신뢰를 보여주었고, 그 신뢰를 소비자들은 식품 파동에도 불구하고 믿고 매출로 보답한 것이다.

"이제야 시시 양이 뭘 말하려고 한 건지 좀 알 것 같아요."

"왜 제가 판을 다시 짜자고 한 건지 알겠죠?"

"네."

수는 끄덕였다. 그리곤 머릿속에 떠오른 대략적인 앞으로의 계획을 얘기했다.

"시시 양의 말씀은 란커라는 그룹명과 부실 계열사를 정리하고, 이유식을 전면으로 내세워 소비자 신뢰를 회복하라는 거죠?"

"빙고! 와, 우리 쇼우 오빠 이제 기업가 다 되셨네. 착 하면 착! 척 하면 척! 대단하세요."

류시시가 양손으로 엄지를 치켜들곤 최고를 외쳤다.

"제가 한 게 뭐가 있다고요."

"에헴, 그래도 제 눈에는 쇼우 오빠가 최고로 멋진 남자랍니다. 대략적인 계획은 저래요. 문제는 어떻게 실현시키느냐는 거죠."

"저도 그게 궁금하네요."

죽어 있던 수의 눈에 기대감이 서렸다. 그만큼 류시시의 기획안은 그럴싸했으며, 나름의 신빙성과 가능성도 내포하고 있었다.

류시시가 손가락 세 개를 펼쳤다. 검지와 중지, 그리고 약지다.

"이 플랜이 성공하기 위해선 최소 조건 세 가지를 충족해야 해요."

"그게 뭐죠?"

류시시도 뜸들이지 않고 곧장 대답했다.

"첫 번째, 리밍 회장이 란커그룹을 포기해야 해요. 축소 차원의 구조조정이 아니라, 다시 시작한다는 마음을 가져야만 가능해요."

수가 끄덕였다.

"두 번째, 은은이의 뱃속에 있는 아이가 태어나야 해요."

"뭐라고요?"

수가 깜짝 놀라서 반문했다.

전혀 생각지도 못한 고은은과 수 사이의 아이가 언급된 까닭이다.

'이유는 모르지만 엮이고 싶지 않은데.'

다른 건 몰라도 고은은과 아이만큼은 끼게 하고 싶지 않았다.

그 두 사람은 수가 목숨을 내놓아서라도 지키고 싶은 소중한 존재니까.

"그 이유는 이따가 설명해 드릴게요. 왜 꼭 수 씨의 아이여만 하는지, 그래야만 하는지도요."

"……네."

수는 궁금함을 꾹 참았다. 묻고 싶은 말이 목에 걸릴 듯 치밀었지만 억눌렀다.

'란커그룹의 회생도 중요하지만, 고은은 씨와 아이에게 피해가 간다면 하지 않겠어.'

이 부분에서만큼은 타협할 의사가 전혀 없는 수였다.

류시시가 약지를 접고 마지막 최소 조건에 대해 입을 열었다.

"세 번째, 재도약을 위한 돈이 필요해요. 천문학적인 액수의 돈이죠."

"그런 큰돈을 어디서……."

쉽지 않은 얘기다. 수가 버는 돈이 적지 않지만 기업을 세울 만큼 천문학적이진 않다.

그런데도 불구하고 너무 쉽게 말을 하니 수는 의아했다.

앞서 최소 요건이라고 언급한 만큼 천문학적인 돈이 바탕이 되지 않는다면 반등의 기회조차 없다는 의미이기 때문이다.

"너무 비관적으로 보지 마세요. 그 돈은 쇼우 오빠가 충분히 마련할 수 있으니까."

"제가요?"

수가 자신의 가치를 돌아봤다.

수의 경제적 값어치는 적게 잡아도 100억 이상이다. 몇몇 전문가는 300억이 훌쩍 넘는다는 얘기들도 심심찮게 한다.

그러나 그 돈으로 기업을 회생시키기에는 어림도 없다.

수는 납득이 가지 않았다. 아무리 고민을 해봐도 돈이 솟아날 구멍이 없는데 무슨 말을 하는지 이해가 가지 않는다.

"도모에 양."

"……!"

"상해 최고의 거부 중 한 명인 그녀의 손을 잡으면 돼요."

Chapter 7

1

도모에와 약속한 열흘째가 되었다.

도모에는 스카이블루의 장위안 대표를 통해 연락을 취해 왔다.

보통 No나 Yes의 대답을 원하는 일반 업체와 달리 약속을 잡을 테니 꼭 얼굴을 대면하고 답변을 듣고 싶다고 했다.

그 얘길 접한 장위안 대표가 조언했다.

"꽤 수 씨한테 목을 매는 모양새예요. 직접 만나서 얘기를 하자는 걸 보면, 딱 느낌이 옵니다."

사업가나 투자자들은 결코 호락호락한 사람들이 아니다.

얼굴은 웃고 있지만 속으론 치밀하게 계산을 하고 이득과 손실을 계산한다.

거래나 협상에서는 더더욱 그렇다. 동등한 입장의 거래에서는 절대 상대에게 밑지고 들어가는 행동이나 말은 하지 않는다. 꿇고 들어가는 느낌을 주는 것만으로도 그 거래는 실패인 까닭이다.

그런데 도모에가 그런 모습을 보였다.

수도 선뜻 이해가 되지 않는다는 표정을 지었다.

"그러게요. 굳이 제가 아니어도 될 텐데, 저한테 이렇게까지 목을 매는 이유를 모르겠네요."

"그 판단은 수 씨가 아니라 저쪽에서 하는 거니까요. 전 그럴 수 있다고 생각합니다. 수 씨의 얼굴과 이름을 내건 교육사업이라…… 중화권의 인지도를 고려하면 실패할 거라곤 생각되지 않네요."

스카이블루의 한국 지부를 맡고 있다지만 그는 중화권 소식에도 빠삭하다. 그도 그럴 것이 수가 비록 한국에 머물며 생활하긴 하지만 주 팬들이 거주하는 곳은 바다 건너 중국이기 때문이다.

장위안 대표가 슬쩍 물었다.

"결정은 내리신 겁니까?"

"네."

"그러시군요."

그 이상은 묻지 않는다.

결정을 하는 건 수다. 조언자의 입장에서 할 수 있는 말은 다 했다. 어떠한 결정을 내리든 수가 판단할 문제다. 그는 간섭보다는 존중을 했다.

"가사는 아직 안 나오신 거죠?"

수가 고개를 돌려 그를 응시했다.

"데모곡 들려 드린 지 이틀 됐는데요?"

"벌써 이틀이나 지났나요? 시간이 이렇게 빨라. 대치동 살쾡이는 이틀이면 차트 올킬하는 곡을 써낸다고 들어서요. 하하. 물론 인터넷 댓글로 말입니다."

"……."

또 하나 알게 된 사실이 있다. 사람도 좋고, 사업적 수완도 좋지만 장위안 대표의 농담은 참 들어주지 못할 만큼 저질이다.

"실은 말입니다, 수 씨."

"네."

"이번 수 씨 2집 앨범 발매에 맞춰서 V—Star앱 쪽과 협업으로 아시아 동시 생방송이란 타이틀 걸고 대규모 쇼케이스를 해볼까 합니다."

"아시아 동시 생방송이요? 벌써 거기까지 생각하신 거예요?"

수가 놀란 얼굴로 되물었다.

아직 가사도 나오지 않은 상황에서 저 멀찌감치 가 있는 장위안 대표의 기획력에 질린 까닭이다.

"다른 사람도 아니고 이수 씨 앨범 아닙니까? 당연히 이 정도 신경은 써야죠. 따로 알아봤는데 저번 V—Star앱의 경우 서버 한계도 있었고 홍보도 부족해서 실시간으로 시청하지 못한 시청자들의 불만이 이만저만이 아니었다고 합니다."

"동시 시청자 이십만 명으로도 부족했다고요?"

"네, 국내야 그렇다 치더라도 중화권이랑 동아시아 계열도 있다 보니 좀 역부족이었죠."

"……."

몰랐다. 수의 V—Star앱이 역대 최고 접속자수를 갱신하며 흥행 대박을 친 것은 맞으나, 서버망이나 홍보 부족으로 인해 더 많은 시청자가 불만을 터뜨렸다는 얘기는 금시초문이었다.

"뭐, 그래서 일 좀 크게 벌려보려고요. 앱도 앱이지만, 한국이랑 중화권, 동남아 쪽 대형 포털 사이트와 협업을 통해서 인터넷 실시간 중계도 할까 합니다."

"참 일을 크게 벌리시는군요."

"크게 벌리다니요! 급에 맞게 가는 겁니다. 한국에서야 수 씨를 한류스타라고 지칭하지만 아닙니다. 이미 수 씨는 아시아의 별입니다."

"자, 잠깐요!"

수가 손을 들어서 말을 끊었다.

어쩔 줄을 몰라 하는 표정이 꼭 뭐가 마려운데 억지로 참고 있는 듯한 표정이다.

"왜 그러십니까?"

"제발, 부탁이니까, 다시는 아시아의 그 뭐…… 어쩌고는 하지 맙시다. 온몸에 소름이 쫙 돋고 손발이 오그라들다 못해 없어지는 기분이에요."

"사실인걸요. 그러면 앞으론 아시아의 프린스로……."

"대표님!"

수가 버럭 소리를 질렀다.

그에 반해 놀리는 맛이 쏠쏠한 장위안 대표는 짓궂게 웃고 있었다.

아시아의 별.

아시아의 프린스.

수는 저 말을 들을 때마다 쥐구멍이라도 찾아서 숨고 싶은 심정이다.

'아, 쪽팔려. 촌스럽게 저게 뭐야. 손발이 사라질 거 같아.'

다른 스타들은 저런 별명이 붙지 못해 안달이 난 거에 비해 수는 진심으로 싫어했다. 애초에 그쪽하고는 거리가 먼 성격이라고나 할까.

"알겠습니다. 안 할게요."

"그만 놀리세요. 저 심각하다고요."

"하하, 그러면 앞으로 안 하겠다는 약속 겸 CF 한 편 찍는 거 어떻습니까?"

"……."

수가 말이 없자 장위안 대표가 이때다 싶어서 토해냈다.

"후우, 제 입장도 이해해 주세요. 몇 십 개씩 CF 제의가 오는데 거절하는 것도 일입니다."

"요새도요?"

"네. 덕분에 부르는 게 돈입니다. 중국의 금융회사에서 일 년 계약에 37억을 불렀습니다."

"3, 37억이요?"

순간 너무 놀란 나머지 사레가 들릴 뻔했다.

이전에 중국 모 전자업체와 CF 계약을 체결하면서 15억을 받았다. 그때와 비교를 하면 무려 두 배 이상이 뛴 셈이다.

'와, 현실적으로 거절하기 힘든 액수잖아?'

수의 몸속에 똬리를 틀고 숨어 있던 속물적인 근성이 고개를 쳐들었다.

"네, 조율을 하면 40억까진 무난하게 받을 거 같아요. 아무래도 카드 업체여서 연예인의 이미지를 굉장히 중요하게 여기다 보니 정직하고 솔직한 수 씨랑 딱 부합하는 거죠."

"……."

"참 본의 아니게 CF를 거절하다 보니 신비감이 올라가 버려서 더 몸값이 뛰게 되었네요. 이런 경우는 처음이라 저도 참 신기하네요."

수는 잠시 생각에 잠겼다. 그간 CF를 외면했지만 이젠 생각을 달리해도 될 때도 된 것 같았다.

'돈이 부족하진 않아. 하지만 앞으로 내가 해야 할 일에 돈이 꼭 필요한 것도 사실이야.'

란커그룹과 관련된 일을 말하는 게 아니다. 그건 그룹의 존망을 건 일이다. 빌게이츠나 러시아, 중동의 기름 부호 또는 그에 버금가는 백만장자가 아닌 이상 개인의 자산을 털어서 회생시키기엔 역부족이다.

수가 생각하는 건 복지재단이다.

조금 더 현실적이고 가까운 사람을 만들고자 하는 재단을 위해서라도 돈이 필요했다.

"어떻게 할까요, 수 씨? 또 거절하기엔 액수가 너무 큰데, 한 편 정도는 찍는 것도 나쁘지 않을 거 같기도 하고요."

수가 잠시 망설이는 모습을 보였다. 지금까지 거절만 했는데 바로 승낙하면 너무 속물적인 사람으로 비칠까 봐서다.

고민 끝에 수가 입을 열었다.

"찍읍시다."

담담한 척하는 수의 마음은 짐작도 못하고 장위안 대표는 그저 좋아하기만 했다.

"잘 생각하셨어요! 인기라는 게 늘 정점일 수 없거든요. 물 들어올 때 노 저어야 합니다. 암!"

"저보다 더 좋아하시는 거 같네요."

두 사람은 마주 보며 웃었다.

2

청담동 일각에 위치한 담채 한정식.

그곳 홍실에서 수와 도모에의 미팅이 예약되어 있었다. 다른 점이 있다면 열흘 전과 달리 장위안 대표가 불참했다는 것이다.

수의 쇼케이스 아시아 전역 동시 생중계라는 프로젝트를 성공시키기 위해서 해외 포털 사이트의 기획자들과 만나다 보니 시간을 빼기가 쉽지 않았다.

'혼자라도 나쁠 거 없지.'

홍실에 먼저 도착한 수는 물로 입안을 헹궜다.

'그러고 보니 도모에 양의 알몸도 본 사이인걸.'

오해의 소지가 다분하긴 했지만 육체적으로는 꽤 가까워

질 뻔했던 것도 사실이니까.

드르륵!

약속 시간에 맞춰 도모에가 도착했다.

커리어 우먼의 느낌이 물씬 풍기는 정장 차림의 그녀는 고급스러운 코트와 수제 명품 가방으로 멋을 냈다. 진하지 않지만 너무 연하지도 않은 화장은 안 그래도 도도한 그녀의 분위기를 더욱 고고하게 만들었다.

"오셨어요?"

"늦지 않을까 했는데 시간에 맞춰서 도착했네요."

"그러게 말입니다. 앉으세요."

두 사람은 식탁을 사이에 두고 좌식의자에 마주 앉았다.

"고민은 많이 해보셨어요?"

"네."

"어떻게 할까요? 주문을 할지 말지 고민인데…… 제 선택에 도움을 주실래요?"

수의 눈이 가늘어졌다.

그녀의 부탁이 단순히 주문의 여부를 결정할지 말지의 단순한 의미가 아닌 걸 읽은 까닭이다.

'긍정적인 답변이면 주문을 해달라는 거군. 거절당한 입장에서 마주 앉아서 억지로 웃으면 식사를 하는 것도 꽤나 불편하니까.'

이럴 거면 굳이 만났어야 하냐는 의문도 들었지만 그냥 넘겼다.

제의를 한 건 도모에 쪽이고, 수는 그에 대한 답변에 충실하면 된다.

"주문은 나중에 할까요?"

"……."

순간적으로 도모에의 눈매가 굳어졌다. 거절의 의사임을 짐작한 것이다.

"수 씨가 그러길 원한다면 그러세요. 근데 좀 아쉽네요. 서운하기도 하고."

"죄송해요. 좋은 제안이었지만 받아들일 준비가 되어 있지 않네요."

"거절의 이유를 물어봐도 될까요?"

도모에는 옅게 미소를 지으며 수를 직시했다. 살살 치는 눈웃음과 움푹 팬 보조개가 더없이 매력적이다.

그러나 속내는 그렇지 못하다. 긍정적인 답변이 올 거라 확신하고 있던 터라 더더욱 그랬다.

그렇기에 그 이유가 궁금했다.

"죄송하지만, 마음이 움직이지 않았어요."

"꽤나 추상적인 답변이네요."

"제가 그렇게 똑똑한 편은 아니거든요. 머리보단 가슴이 시키는 대로 결정을 내리는 경우가 많습니다. 그 덕에 호되게 고생도 많이 했고요."

수가 옅게 웃어 보였다. 나름 사연이 있어 보이는 미소다.

반대로 도모에는 머리를 쓸어 올리며 자리에서 일어났다.

"안타깝지만 대답을 들었으니 먼저 일어날게요. 이럴 줄 알았으면 장소를 딴 곳으로 잡을 걸 그랬네요."

"죄송합니다."

"죄송하면 지금이라도 마음 돌리심이?"

"그건 어렵겠네요. 제가 또 쓸데없이 우직한 스타일이라서."

도모에는 마지막까지 어필했지만 수는 단호하게 거절했다.

"그러면 미안하단 말 하지 마세요. 마음 바뀌면 언제든 연락 주세요."

"네, 살펴 가세요."

대화는 거기까지였다.

도모에가 몸을 돌려 홍실을 떠났다.

따각! 따각!

점차 멀어지던 구둣발 소리가 들리지 않게 되자 수가 휴대전화를 꺼내 어딘가로 전화를 걸었다.

"저예요. 그때 얘기 나눈 대로 제의는 거절했습니다."

수화기 너머에서 류시시의 목소리가 들렸다.

—잘하셨어요. 뒷일은 저한테 맡겨주세요!

짧은 대화를 끝으로 통화는 끝났다.

수가 할 수 있는 일은 다한 셈이다. 이제 남은 건 그녀의 몫이다.

“어련히 잘하겠지. 시시 양은 야무지니까.”

Chapter 8

1

K팝스타들 스튜디오가 또 바뀌었다.

전 화의 녹화 때하고는 비교도 할 수 없을 만큼 더 화려한 무대 시설과 중국판 나는 가수다에 버금갈 만큼의 음향 시설로 업그레이드됐다.

이게 가능했던 이유는 시청률과 화제성이라는 두 마리 토끼를 다 잡았기 때문이다.

K팝스타들은 평균 25%대 시청률을 기록하며 방송 이후 한 번도 방송사 통틀어 예능 시청률 톱의 자리를 놓치지 않았다.

더 대단한 건 단순히 시청률이라는 수치에 머무른 것이 아니라 그 이상으로 화제를 몰았다는 점이다.

그리고 그 화제몰이의 기저에는 음원깡패 대치동 살쾡이 수의 감성심사와 재능을 알아보는 안목이 자리 잡고 있었다.

또 어느 시즌보다도 쟁쟁한 지원자들의 참가도 견인에 한몫했다.

지금 당장 프로 무대에 나서도 될 법한 참가자들의 실력에 음원 성적도 차트 상위권에 포진했다. 음악성과 스타성까지 고루 잡게 되면서 사람들이 찾아서 듣게 되는 현상까지 생긴 것이다.

심사위원 심사대에서 마이크를 점검하던 수가 궁금함을 참지 못하고 물었다.

"선배님들, 오늘 제작진이 서프라이즈한 이벤트가 준비했다던데, 혹시 들은 얘기 있어요?"

"아, 나도 그 얘기 들었어. 정 PD한테 뭐냐고 졸라도 도통 말을 안 해주더라."

박준형도 언질을 듣긴 했지만 정확히 무얼 말하는지는 모르는 눈치였다.

마지막 메이크업을 확인한 양태석이 입을 열었다.

"이따 보면 알 거야. 두 사람 아마 까무러치게 놀랄 거니까."

"뭐야, 형은 알아? 치사하게 굴지 말고 좀 알려주면 안 돼?"

"미안, 그건 안 돼."

박준형이 얄밉게 노려보며 입술을 실룩거렸다. 모습을 보던 수는 저도 모르게 피식 웃고 말았다.

이십 대에 데뷔하여 마흔이 넘어 쉰에 가까운 나이에 다다른 두 사람은 이제 대한민국 톱 기획사의 대표가 되었다.

그럼에도 불구하고 두 사람은 처음 만난 이십 대 그 시절과 달라진 게 없다. 짓궂은 농담도 서슴없이 하고 그러면서도 누구보다 서로를 잘 알며, 잘 이해하는 친구이자 동료다.

'몇십 년 뒤에 내게도 저런 친구가 있으려나?'

참 부러울 만큼 보기가 좋다.

한 시대를 같이 살아왔으며 최고의 자리에 올랐다. 그런 두 사람이 돈독한 우정을 품고 다음 시대를 만들어간다.

수도 그러고 싶었다.

지금 말하기엔 이를지 모르지만 십 년, 이십 년이 지났을 때 함께 과거를 이야기하고, 미래를 준비하는 그런 파트너이자 라이벌, 동료가 있었으면 했다.

"태석이 형, 딴 건 모르겠고 에이미는 건들지 말자."

"왜? 탐나?"

"형도 딱 보면 알잖아? 걔는 딱 봐도 우리 다다 스타일이야."

에이미는 박준형이 애가 닳도록 탐을 내는 게 이상하지 않을 정도의 실력파 참가자다. 그건 수뿐만 아니라 시청자들도 인정하는 바다.

"그럼 뭐하니? 에이미는 일편단심 이수인데?"

수가 어색하게 웃었다.

"모르죠. 오늘 캐스팅 미션에서 다다를 선택하게 될지도."

"그지? 아, 내 이 간절함을 에이미 양이 알아줘야 하는데."

장난 섞인 투로 봐달라며 투정을 부리는 것 같지만 수는 그 미묘한 견제와 신경전을 놓치지 않았다.

'아마 바뀐 룰 때문이겠지. 기획사의 자존심이 걸린 문제니까.'

그래.

올해부터 K팝스타들 규정에 많은 변화가 일었다.

그중 가장 달라진 점이 있으니 캐스팅 미션으로 통해 생방송에 진출한 참가자들이 결승전까지 한 기획사에 소속되어야 한다는 점이다.

'쉽게 말해서 한 번 결정이 나면 바꿀 수가 없다는 소리지.'

전 시즌만 하더라도 생방송 매 라운드마다 기획사를 바꿔 가며 다음 무대를 준비했다.

올해로 예를 들자면 TG, 다다, 스카이블루 순으로 돌아가며 각 기획사의 장단점을 경험할 수 있는 기회를 부여했다.

그러나 올해는 달라졌다.

새로 도입된 멘토 시스템.

즉, 각 기획사를 대표해서 이 자리에 나온 박준형, 양태석, 이수가 결승전 무대까지 캐스팅 미션으로 선발된 참가자들을 끝까지 서포팅하는 것이다.

그만큼 캐스팅 미션의 중요성이 부각됐다.

참가자들의 결정과 선발이 생방송의 승부의 행방에도 지대하게 영향을 끼친다.

또 3대 기획사 간의 자존심 싸움도 치열해졌다.

TG엔터테인먼트와 다다는 양태석과 박준형의 이름을 건 기획사다. 또 대표 본인들이 직접 프로그램 출연까지 감행했다.

무슨 말이 더 필요할까?

동료 가수이자 선후배, 형 동생 사이를 떠나서 자존심이 걸린 문제다.

'나도 뒤처져서는 곤란하지. 아니, 두 선배님을 깜짝 놀라게 해줘야 하고말고.'

최근 상승 곡선을 타고 있는 스카이블루의 저력을 보여줄 수 있는 둘도 없는 기회다.

또 그걸 양태석과 박준형도 인지하고 있었다.

'TG가 견제해야 할 기획사는 다다가 아니고 스카이블루야.'

'다크호스는 이수, 저 녀석이야. 어떤 음악을 할지 종잡을 수가 없어.'

이제 녹화까지 지척이다. 바로 이 스튜디오에서 K팝스타들의 하이라이트나 다름없는 캐스팅 미션 녹화가 진행될 예정이다.

보이는가?

심사위원석 뒤쪽으로 의자 네 개가 세로로 쭉 놓여 있는 것이.

YG, 다다, 스카이블루.

오늘 캐스팅 미션에서 선택받거나 선택을 하게 된 참가자들이 앉게 될 자리다.

"스탠바이합니다!"

FD의 말이 끝나기가 무섭게 카메라가 돌아가며 녹화가 시작됐다.

톱 12라 불리는 생방송 진출권을 건 마지막 미션이 시작된 것이다.

그리고 명예의 첫 참가자는 강민이었다.

영혼이 없는 자작곡으로 수에게 지적당한 적이 있는 싱어

송 라이터다.

“강민 군, 오늘 옷이 멋진데요? 꼭 빅벤 보는 거 같아요.”

양태석이 긴장을 풀어주기 위해 가볍게 농담을 꺼냈다.

빅벤은 TG소속의 힙합 가수로 본인들만의 색깔 있는 음악을 추구하며 세계적으로 사랑을 받았다. 특히 그들 특유의 독특한 패션은 스타일리스트도 눈여겨보고 배울 만큼 굉장히 앞서 간다.

물론 진담도 섞여 있었다.

늘 청바지에 티를 고수하던 패션에서 과감히 탈피하여 꽉 달라붙는 스키니에 헐렁한 셔츠, 스냅백으로 한껏 멋을 냈다.

강민도 어색한 듯 쑥스럽게 웃었다.

“오늘 춤도 추시는 거예요?”

“서, 설마요.”

박준형이 불쑥 껴들었다.

“아쉽다. 나 또 댄스 보는 줄 알고 기대했는데. 오늘도 자작곡을 들고 나오셨네요?”

“네.”

“제목이 풍운? 무슨 무협 영화 제목 같은데요?”

“제, 제가 좀 거친 학창시절을 보내서요.”

“그래요? 이거 말죽거리 같은 곡을 기대하겠습니다.”

대화가 끝나자 강민이 심호흡을 했다.

자작곡인 만큼 어떠한 반주도 없었다. 지금 그의 손에 들린 기타가 악기의 전부였다.

띵, 띠잉! 띵!

꽤나 빠른 템포의 곡이다. 또 투박하다. 세련된 느낌이 없다.

'근데 귀에 보이스가 꽂혀.'

'지금까지 자작곡 중 도입이 가장 좋아.'

꼭 특별한 게 좋은 게 아니다. 평범하지만 편안한 도입은 사람들로 하여금 공감을 이끌어내고 몰입하게 만드는 요소가 된다.

"어둡고 습한 거리에……."

남성적인 가사다.

또 남성적인 보컬이다. 경상도 특유의 톤과 음악 스타일이 더 없이 잘 어울린다.

그보다 더 눈에 띄는 건 거친 학창시절의 방황을 담은 진솔한 가사다. 그의 과하지 않은 담담한 감정 표현이 심사위원의 마음에 조약돌을 던진다.

완주를 마치자 양태석이 심사에 들어갔다.

"오늘 저 강민 씨 새롭게 봤어요. 비린내 나는 완전 상남자구나."

"아!"

"너무 잘 불렀어요. 진짜 저 학창시절로 돌아간 기분이에요. 약점으로 지적받던 공감을 확실히 했어요. 그러니까 노래가 들리고요."

박준형도 칭찬 합류에 동참했다.

"왜 이런 곡을 지금 들고 나왔어요? 앞에서 못 들은 거 아쉽게. 곡도 좋았지만 더 좋았던 건 발성이에요. 콧소리가 다 사라졌어요. 얘기하듯이 노래한다는 말에 매우 근접한 발성을 오늘 보여줬어요."

마지막 타자인 수가 마이크를 잡았다.

동년배나 다름없건만 수의 눈길은 부모의 그것과 같았다. 자식의 성장을 바라보며 느끼는 흐뭇함이 듬뿍 담겨 있달까.

"축하드려요, 강민 씨. 드디어 본인의 감성을 찾으셨네요."

"다 이수 심사위원님 덕분입니다."

강민은 고마움을 잊지 않고 표현했다.

싱어 송 라이터를 꿈꾸며 본인의 음악에 자신감이 충만했던 그는 호기롭게 K팝스타들에 도전장을 내밀었다. 아니나 다를까 쉽게 예선을 통과하고 본선에 진출하면서 본인의 음악에 확신을 갖게 되었다.

'그때 이수 심사위원님의 지적이 없었다면 난 아직도 잘못된 음악을 하고 있겠지.'

수는 얘기했다.

남의 감정과 느낀 점을 흉내 내지 말라고.

본인이 살면서 느끼고 경험한 진솔한 이야기를 음악에 녹여내라고 말이다.

처음엔 쉽지 않았다. 남의 것이 꼭 본인의 생각 같고, 남의 감정이 본인의 느낌과 다르지 않았다.

그 차이를 명확하게 깨닫게 된 시점은 그다음 라운드다.

"세상을 작게 보세요. 당신이 느끼는 아주 사소한 감정을 악보에 투영시키세요."

더 나은 아티스트의 길로 나아가는 데 있어서 수의 조언이 영향을 줬다. 수의 한마디가 그의 음악을 바꿨다고 해도 과언이 아니다.

"전 더 말하지 않을게요. 저뿐만 아니라 여기 계신 심사위원님들과 시청자들이 강민 씨한테 바라는 음악이 바로 그런 겁니다."

"감사합니다!"

수가 입가에서 마이크를 떼자 강민이 허리를 90도로 숙이며 깍듯하게 감사의 말을 올렸다. 꼭 군대의 상사를 대하는 느낌이다.

이때를 놓치지 않고 박준형이 익살스러운 농담을 던졌다.

"나 순간 재입대한 줄 알았네."

"그러게. 강민 씨, 직업군인 하셨어도 잘했을 것 같아요."

농담을 끝으로 다시 삽시간에 분위기가 가라앉았다.

이제 선택의 시간이다.

캐스팅의 시간이 도래한 것이다.

강민을 본인의 기획사에 데려갈 의향이 있다면 세 심사위원은 당신을 캐스팅하겠다고 이야기하게 된다.

만약 캐스팅을 하지 않는다면 해당 기획사는 갈 수 없다.

그리고 세 곳의 기획사에서 모두 캐스팅이 되지 않으면 그 참가자는 탈락이다.

반대로 두 명 내지 세 명의 심사위원이 캐스팅 버튼을 누르면 칼자루가 참가자에게 넘어가게 된다. 참가자가 원하는 기획사를 선택할 수 있게 되는 것이다.

이 부분도 전 시즌과 차별화된 점이다. 지난 시즌은 순서가 주어져 캐스팅 순서가 아닐 시에는 마음에 드는 참가자라 하더라도 캐스팅할 수 있는 권리가 없었다.

정우PD는 그러한 방식의 맹점을 꿰뚫어 보았고 좀 더 극적인 긴장을 고조시키고자 이러한 규정으로 차별점을 두고자 했다.

첫 번째 캐스팅 순서는 양태석이다.

"우리 TG에서는 강민 씨를 캐스팅……."

점차 빨라지는 북소리에 긴장감이 고조된다. 탈락과 직결되는 만큼 강민은 바싹 마른 침을 겨우 목 너머로 삼킨다.

"하겠습니다."

"아!"

맥이 탁 풀린 듯 강민이 탄성을 내질렀다. 동시에 안도감이 밀려왔다. 다른 기획사의 캐스팅 여부에 상관없이 캐스팅이 확정된 것이다.

다음은 박준형 차례다.

"다다는 강민 씨를 캐스팅하겠습니다."

늘 박한 평가를 주었던 박준형도 달라진 강민의 모습에 강한 매력을 느낀 듯 캐스팅에 임했다.

이걸로 선택지는 두 장으로 늘었다.

이젠 캐스팅 여부가 중요한 게 아니게 됐다. 3대 기획사 전체의 캐스팅을 받느냐 못 받느냐는 게 더 관건이다.

수가 마지막으로 마이크를 집었다.

"우리 스카이블루 에서는 강민 씨를……."

수는 말을 흐리며 뜸을 들였다.

의도한 것인지 마지막까지 고민을 하는 것인지 알 수 없는 표정이다.

"캐스팅하지 않겠습니다."

2

"……!"

두 심사위원뿐만 아니라 강민마저 놀란 기색을 감추지 못했다.

지금까지 강민에게 보인 호의를 생각한다면 수의 캐스팅 거절은 꽤나 놀라운 반전이었다.

강민은 눈을 동그랗게 뜨고 수를 쳐다봤다. 충격이 가시지 않은 듯 마이크를 내려놓는 수에게서 좀처럼 시선을 떼지 못했다.

'꽤나 의외의 선택인데? 수가 무조건 캐스팅에 임할 거라고 예상했는데.'

'양보하는 거야? 그래, 뭐면 어때. 저런 우수한 참가자를 데려올 수 있으면 그걸로 족한 거지.'

양태석과 박준형은 의아함을 표하면서도 수의 선택을 존중했다.

K팝스타들은 배틀 오디션 프로그램을 표방한다. 전 시즌에 비해 참가자뿐만 아니라 기획사들 간의 경쟁과 경합도 비교할 수 없을 만큼 치열해졌다.

멘토 시스템을 도입하여 참가자들의 성적으로 기획사들 간의 우위가 정해질 수밖에 없는 게 바로 그 이유에 있다.

정작 가장 큰 아쉬움을 감추지 못한 건 참가자 강민이다.

'선택받지 못했어. 많이 발전했다고 생각했는데…… 수 심사위원님의 눈엔 차지 못한 건가?'

강민이 제작진에게 1지망으로 가고 싶다고 말한 기획사는 단연 스카이블루였다.

이유?

수가 있고, 그가 음원깡패 대치동 살쾡이이기 때문이다.

단순히 노래를 잘하는 가수라면, 아이돌 음악을 잘 만드는 작곡가였다면 스카이블루를 지망하지 않았을 것이다.

그 이상의 감동을 주는 곡을 써왔던 수였고, 그라면 앞으로 음악 인생에 획을 그을 가르침을 받을 수 있을 거라고 믿었기에 스카이블루를 희망했다.

그러나 수는 그를 선택하지 않았다.

"자, 강민 씨. 이제 기획사를 직접 선택해 주세요."

"저는……."

강민이 아쉬움이 진하게 남는지 수를 힐끗 쳐다봤다.

"TG엔터테인먼트를 선택하겠습니다."

"환영해요, 강민 군!"

심사위원석에 앉아 있던 양태석이 자리에서 일어났다. 무대를 내려와 앞쪽으로 걸어오는 강민의 어깨를 토닥이면서 자신의 뒤쪽에 세로로 놓인 의자를 권했다.

그는 자리에 앉으면서까지 스카이블루의 선택을 받지 못한 게 아쉬운 듯 몇 번이고 수를 쳐다봤다.

다음 무대에 오른 참가자는 배수민이다.

교복녀로도 더 알려져 있는 그녀는 올 시즌 K팝스타 3대 미녀 중 한 명이다.

"오늘은 교복이 아니네요?"

박준형이 눈을 깜빡였다.

오늘 배수민은 무릎까지 내려오는 순백의 원피스를 입고 나왔다. 항상 교복만 봐온 까닭인지 그런 모습이 더 새롭고 어여쁘게 느껴졌다.

"잘 보이고 싶어서 입었어요."

"하하, 그러면 벌써 먹혔네요. 여기 아저씨 눈빛 보이죠?"

"형도 비슷하거든?"

양태석과 박준형의 투덕거림을 끝으로 배수민의 노래가 시작이 됐다.

장나라의 고백.

2001년도에 발매된 이 곡은 그 당시 굉장한 사랑과 인기를 받았던 곡이다.

추후 연기 활동에 전념을 하게 되면서 그녀를 가수로 볼 수 없었지만 떠나간 남자를 향한 아픔을 담은 고백의 가사는 실연당한 많은 여성으로 하여금 공감과 아픔을 상기시켜 준 명

곡이다.

"이별에는 서툰……."

후렴구에 다다른 배수민의 가창력은 굉장했다. 본인 특유의 감성을 잃지 않으면서도 아주 편안하고 쉽게 고음을 내뿜는다.

무대 위에만 서면 긴장하던 모습은 이제 온데간데없이 사라지고 말았다. 매 라운드를 진행할수록 경험이 쌓였고 끝내 무대를 즐길 줄 알게 된 것이다.

"수민 양은 가능성이 무궁무진해요. 아이돌이면 아이돌, 보컬이면 보컬, 아티스트면 아티스트 뭘 해도 가능할 거예요."

박준형은 극찬을 하며 말을 이었다.

"다다에서는 배수민 양을 캐스팅하겠습니다."

양태석도 마찬가지였다.

"TG에서는 배수민 양을 캐스팅하겠습니다."

두 기획사의 선택을 받은 배수민은 입을 가린 채 어쩔 줄을 몰라 했다. 그 자체만으로도 생방송 진출이 확정된 까닭이다.

이제 남은 기획사는 스카이블루뿐이다.

"스카이블루에서는 배수민 양을……."

배수민은 긴장된 얼굴로 수의 결정을 기다렸다.

'꼭 캐스팅해 줬으면 좋겠어! 제발!'

양손을 꼭 쥐고는 제발 수가 캐스팅해 주기를 기대했다.

앞서 다른 두 기획사도 있지만 그녀는 사전 지명에서 스카이블루에 가고 싶다고 밝힌 바 있다.

'수 심사위원님에게 배우고 싶어. 또 그분처럼 진짜 음악을 하고 싶어.'

우상이 되어 버린 수를 쫓아가고 싶은 마음이다. 그라면 진짜 아티스트로 나아갈 수 있는 길을 그녀에게 제시해 줄 수 있을 것 같았다.

"캐스팅하지 않겠습니다."

'어째서? 왜?'

아주 짧은 순간에 실망감이 어렸다가 사라졌다. 심사위원의 극찬을 받을 만큼 훌륭한 무대였기에 아쉬움이 더더욱 컸다.

결국 배수민은 차선으로 여기고 있었던 기획사 다다를 선택했다.

박준형은 만족스러운 듯 잇몸 미소를 지으며 환영했다.

"다음 참가자 무대 위로 올라가 주세요."

FD의 호명에 맞춰서 텅 비어 있던 무대 위에 다음 참가자가 올랐다.

한눈에 탁 띄는 미모를 지닌 여자다. 짧은 스커트와 셔츠가 더없이 잘 어울리는 그녀의 등장에 심사위원들이 동요했다.

"어? 어!"

"어떻게 여길?"

"……!"

부릅 눈이 떠진 건 수도 마찬가지였다. 그녀는 이 무대 위에 설 수 없는 여자인 까닭이다.

"안녕하세요, 이하나입니다."

그녀의 정체는 배틀 라운드에서 에이미에게 패해 떨어진 이하나였다.

"하나 양이 여길 어떻게 오신 거예요? 네?"

그녀가 이 무대에 있는 이유를 알지 못한 박준형이 참지 못하고 물었다.

그가 묻지 않았다면 수가 먼저 마이크를 집었을지도 모른다.

"그, 그게 그러니까…… 영상 먼저 봐주시면 안 될까요?"

이하나는 제작진에게 지시를 받은 듯 머리 위 대형 멀티비전을 가리켰다.

그 순간 스튜디오의 조명이 꺼지며 무대 전체가 어두워졌다.

그리고 영상이 재생됐다.

영상이 시작된 시점은 배틀 미션에서 떨어진 탈락자들이 모여 있는 방에 제작진이 문을 열고 들어가는 부분부터였다.

—지금 이 시간부로 패자부활전을 시작하겠습니다.

“패자부활전!?”

수와 박준형이 동시에 입을 모아 소리쳤다.

제작진에게 전혀 들은 소식이 없기에 그 놀라움은 더더욱 컸다.

바로 때였다.

—끼이익!

영상 속에서 닫혀 있던 방으로 정체불명의 한 남자가 등장했다.

“태석이 형이잖아!?”

그래, 양상 속에서 굳은 얼굴로 패자들의 방을 찾은 이는 바로 양태석이었다.

이게 어떻게 된 연유인지 묻는 듯 수와 박준형이 동시에 고개를 돌렸다.

“그렇게 됐다.”

양태석은 어깨를 한 번 으쓱해 보이며 이 상황을 아무렇지 않게 넘어갔다.

얼이 빠진 수는 그제야 왜 이하나가 다시 캐스팅 오디션에 참가할 수 있었는지를 알게 됐다.

양태석의 심사 아래 패자부활전이 진행되었고 그 결과 총 네 명의 패자에게 다시 캐스팅 미션에 참가할 수 있는 자격이 주어졌다.

'곤란하게 됐네. 이를 어쩐다?'

K팝스타들의 흥행과 시청자들을 위해서라도 이하나의 부활은 굉장한 득이다. 뿐만 아니라 재능 있는 참가를 회사로 데려가고 싶은 기획사들의 입장도 크게 다르지 않았다.

그러나 수의 입장은 달랐다.

'탐이 나긴 하는데, 원칙은 깰 수가 없고.'

수는 오늘 캐스팅 미션에 오며 한 가지 원칙을 정했다. 만약 이하나를 캐스팅하게 되면 스스로 정한 원칙을 깨는 우를 범하고 만다.

"참 꿈을 꾸는 기분이에요. 이 무대에서 다시 이하나 양을 보게 되다니. 이거 기적이죠?"

"네, 제겐 기적이에요."

"그 기적만큼이나 좋은 무대 기대할게요."

이어서 고운 피아노의 선율이 스튜디오를 가득 메웠다.

지아의 술 한잔해요.

감성적이면서도 아름다운 음색을 지닌 싱어 지아의 곡으

로 술에 취해 지나간 연인을 기다린다는 내용을 담고 있다.

"술 한잔해요."

이하나가 입술을 떼자마자 박준형이 아! 하는 감탄을 터뜨렸다.

폐부를 파고드는 애절한 음색이 원곡마저 잊게 만들었다. 원곡의 느낌과 차별되는 해석으로 헤어진 지난 연인의 안부를 묻고 싶은 충동이 일게 만든다.

아마추어가 이런 흡입력 있는 노래와 무대를 꾸밀 수 있는 것 자체가 충격이다.

'우승은 이하나 아니면 에이미야. 둘 중 하나는 무조건 데려가야 해. 하지만 얘가 TG로 올지는 미지수니, 이거야 원.'

'얘는 무조건 캐스팅해야 되는데, 문제는 수야. 하! 일단 캐스팅이야 하겠지만 기대하지 않는 게 좋겠군.'

양태석과 박준형은 비슷한 생각을 갖고 있었다. 그건 비단 그들만의 생각이 아니라 제작진과 시청자, 그리고 당사자인 이하나도 마찬가지였다.

마지막 후반부까지 특유의 감성을 잃지 않고 가성으로 마무리를 지은 이하나는 마이크를 양손으로 꼬옥 쥐고 심사위원석을 응시했다.

정면을 바라보고 있다곤 하나 그녀의 시선은 언뜻언뜻 수 쪽으로 향해서 표정을 살피는 데 여념이 없었다.

'수 심사위원님이 꼭 뽑아줬으면 좋겠어.'

바람을 담고 기도를 하는 사이에 무대의 심사평이 이어졌다.

박준형이 마이크를 잡았다.

"제가 제일 싫어하는 게 모창이에요. 태어났을 때부터 간직한 본인의 장점을 지우는 행위거든요. 오늘 이하나 양의 노래는 원곡 가수 지아가 떠오르지 않았어요. 감동적이었어요."

다음은 양태석이다.

"뭔 말이 더 필요하죠? 미모만큼이나 아름다운 무대였어요. 최고였습니다."

마지막으로 수의 차례가 돌아왔다. 마이크를 쥐더니 차분하게 입을 열었다.

"이 무대에 다시 돌아와서 너무 반가워요. 시청자들에게 다시 하나 양의 음악을 들려줄 수 있게 돼서 너무 기쁩니다."

"가, 감사해요."

"곡에 대한 지적은 할 게 없어요. 칼을 간 게 느껴질 만큼 흠잡을 게 없었습니다. 특히 발성이 몰라보게 발전했네요."

수가 마이크를 내려놓았다.

수의 칭찬을 받은 이하나의 표정이 한결 편해졌다.

'다행이야, 마음에 들어하셔서. 이 정도면 날 뽑아주시지 않겠어?'

막연한 기대를 품고 캐스팅이 되길 기다렸다.

수보다 앞서서 다른 두 기획사의 캐스팅이 먼저 진행됐다.

"TG에서는 이하나 양을 캐스팅하겠습니다."

"다다에서는 이하나 양을 캐스팅하겠습니다."

우승 후보로 거론되는 이하나다. 또 오늘 무대도 훌륭했던 만큼 캐스팅이 되는 건 당연하다. 다만, 앞서 수와의 인연을 고려할 때 큰 기대는 하지 않았다.

생방송 진출은 이미 확정된 상황에서 남은 건 수의 선택이다.

"우리 스카이블루에서는……."

수가 말을 흐렸지만 전혀 긴장감을 주지 못했다. 다른 참가자들은 몰라도 이하나만큼은 수가 꼭 데려가고 싶어 할 것이고, 이하나도 스카이블루로 가고자 희망할 것임을 알고 있는 까닭이다.

그러나 누구도 예상지 못한 일이 발생했다.

"이하나 양을 캐스팅하지 않겠습니다."

"……!"

대반전이다.

Chapter 9

1

스읏.

수는 조용히 마이크를 내려놓았다.

캐스팅을 하지 않겠다고 선언한 만큼 남은 선택의 권한은 이하나에게 넘어갔다.

그러나 누구도 이다음 상황으로 진행하지 못했다. 양태석과 박준형뿐만 아니라 이하나, 심지어는 제작진까지 수의 선택에 충격을 받은 까닭이다.

"그, 그러면 하나 양, 선택을 해주세요."

그나마 가장 빨리 정신을 차린 박준형이 선택을 권했다.

"네? 그, 그니까 전……."

이하나는 어쩔 줄을 모른 듯 당황했다.

이 무대에 오르기 전부터 그녀의 마음속엔 오로지 스카이 블루뿐이었다. 갈 수만 있다면 수에게 음악을 배우고 싶은 일념뿐이었다.

그랬기에 더욱 혼란스러웠다.

지금 입장에서는 어디를 선택해야 나은지에 대한 기준도 모호하다.

이하나가 결정을 내리지 못하고 있자 제작진이 슬쩍 무대 아래에서 신호를 줬다.

"저 하나 양, 빨리 선택해 주세요."

"네? 네……."

정신을 퍼뜩 차리고 대답을 하긴 했지만 쉽사리 선택할 수 없었다. 결국 이하나는 마음에도 없는 결정을 내려 버리고 말았다.

"전 TG를 선택하겠습니다."

"굿 초이스예요. 환영합니다, 하나 양!"

양태석의 입이 귀에 걸렸다.

이하나는 이번 시즌 K팝스타들 유력한 우승 후보임과 동시에 장래가 촉망되는 뮤지션으로 잠재능력이 무궁무진하다.

설령 K팝스타들에서 우승을 하지 못하더라도 생방송 무대를 진행하는 동안 TG엔터테인먼트의 시스템과 장점을 어필하여 꼭 전속 계약을 맺고 싶었다.

"이런!"

박준형은 아쉬워 죽겠다는 표정으로 양태석과 포옹을 하고 TG 합격자 의자에 앉는 이하나를 보며 입맛을 다셨다.

"잠시 테이프 갈고 가겠습니다."

촬영이 중단되고 쉴 수 있는 시간이 생기자 양태석과 박준형이 동시에 수를 쳐다봤다.

"너 무슨 생각이야?"

생수를 들이켜던 수가 고개를 돌렸다.

"네? 제가 뭘요?"

"네가 마음만 먹으면 하나 양을 캐스팅하고도 남았어. 근데 왜 참가하지 않은 건데? 뭐, 양보나 그런 거 아니야?"

박준형의 추궁에 수가 깜짝 놀라서 다급하게 손사래를 쳤다.

"양보라니, 가당치도 않아요. 이거 단단히 오해하셨네요."

"그럼?"

"저보단 두 분 선배님이 운영하시는 다다나 TG로 가는 게 하나 양의 발전에도 더 좋다고 느꼈어요. 두 분이 아무래도 더 노하우가 있으니까. 전 하나 양이 진짜 아티스트가 되길 바라요. 그래서 캐스팅하지 않은 거예요."

"확실해?"

"네."

"영 느낌이 이상한데. 꼭 속는 기분이야."

"진짜예요. 믿어주세요."

선뜻 믿음이 가진 않지만 수가 저리 말하니 더 추궁할 수도 없었다. 또 이유야 어쨌든 간에 K팝스타들의 취지가 서바이벌 오디션이란 걸 고려하면 이하나는 캐스팅 1순위의 참가자였다.

"스탠바이합니다!"

녹화가 재개됐다.

그 이후로도 쟁쟁한 참가자들이 무대에 올랐다.

나이는 어리지만 춤에 일가견을 보인 송승호는 다다로 캐스팅됐다. 쉰에 가까운 나이임에도 여전히 댄스 가수로 활동하는 박준형이 그의 재능을 외면할 리가 없었다.

이어서 마음을 울리는 바이브레이션이란 평가를 들은 강길수가 무대에 올랐다. 그는 올드한 락 스타일을 탈피하여 자신의 장기인 고음을 넘나드는 시원시원한 창법을 바탕으로 심사위원을 감탄시켰다.

"TG에서는 강길수 군을 캐스팅하겠습니다."

"다다에서는 강길수 군을 캐스팅하겠습니다."

당연히 심사위원들은 캐스팅 욕심을 냈다.

단 한 사람 수를 제외하고 말이다.

"스카이블루는 강길수 군을 캐스팅하지 않겠습니다."

강길수의 눈길에 아쉬움이 스쳐 지나갔다.

자신의 아픈 과거를 들여다본 수가 있는 스카이블루에 캐스팅되기를 내심 바랐던 까닭이다. 결국 강길수는 TG를 선택했다.

그를 기점으로 TG와 다다는 각각 세 장의 캐스팅 카드를 사용했다. 총 네 장 중 세 장을 사용한 만큼 앞으로 한 장의 캐스팅 카드만이 사용 가능했다.

문제는 스카이블루다.

"너 진짜 아무도 안 뽑을 생각인 거야?"

박준형은 좀처럼 수의 행동이 이해가 가지 않았다. 앞서 쟁쟁한 참가자들의 무대가 이어졌음에도 불구하고 수는 한 장의 캐스팅 카드도 사용하지 않았다. 의자도 텅 비어 있었다.

"급할 거 없잖아요? 파이널 캐스팅도 남았고."

수는 느긋한 표정으로 마지막을 염두에 둔 발언을 했다.

파이널 캐스팅.

마찬가지로 올해 새롭게 신설된 규정이다.

참가자들을 대상으로 캐스팅 카드를 전부 행사하지 못한 기획사의 경우 캐스팅 미션에서 탈락한 참가자를 대상으로 한 번 더 캐스팅 기회가 주어진다.

지금의 수처럼 캐스팅된 참가자가 없을 경우에는 필연적으로 파이널 캐스팅을 거칠 수밖에 없다.

문제는 파이널 캐스팅까지 올 경우, 앞서 실력 있는 참가자들이 다 캐스팅이 되고 남은 참가자 중에 선택을 해야만 한다는 맹점이 있다.

'도무지 네 속내를 모르겠다.'

'설마 일부러 캐스팅을 안 한 건 아니겠지? 설마, 무슨 깡으로? 뭐, 신경 끄자. 알아서 하겠지.'

양태석과 박준형은 의구심을 표하면서도 크게 신경 쓰지 않았다.

어떠한 연유에서인지는 모르지만 수가 캐스팅을 하지 않았다면 분명히 그만한 이유가 있을 것이다.

또 경쟁 회사의 입장에서 볼 때 유능한 참가자들을 캐스팅해서 일찌감치 트레이닝시키다 보면 차후 계약을 통해 가수로 데뷔시키기에도 용이했다.

'남은 마지막 한 장, 무조건 걔를 잡아야 해. 타협의 여지가 없어.'

'걔는 스타의 자질을 타고났어. 그건 만들 수 있는 게 아니야, 태어날 때부터 타고나는 거지.'

대한민국 넘버 원투를 다투는 기획사의 두 수장이 눈독을 들이는 참가자가 있었다.

처음 캐스팅 미션이 시작할 때까지만 하더라도 크게 기대하지 않았다. 그런데 수가 캐스팅 미션에 소극적으로 임하는 모습을 보며 마음이 바뀌었다.

그 참가자가 수의 열렬한 팬이라 할지라도 수가 캐스팅하지 않는다면 기회는 자연스럽게 두 사람에게 돌아오는 까닭이다.

바로 그때였다.

또깍! 또깍!

정적을 깨는 구둣발 소리에 세 심사위원의 시선이 무대로 향했다.

그녀를 보자마자 양태석과 박준형의 입가에 미소가 걸렸다.

그토록 나오길 기다렸던 참가자, 아메리칸 아이돌을 거절하고 K팝스타들의 참가를 결정한 에이미였다.

"이거 끝판왕이 등장했네요."

박준형은 노골적으로 호의적인 말을 던졌다.

그도 그럴 것이 에이미의 가창력은 자타가 공인하는 우승후보였다.

양태석이 마이크를 집었다.

"에이미 양, 아직도 일편단심인가요?"

"일편단심요?"

한국말은 곧잘 해도 사자성어 같은 어려운 표현은 알아듣지 못했다.

대기하고 있던 통역사를 통해 의미를 전달받은 에이미가 환하게 웃으며 끄덕였다.

"네, 전 일편단심입니다."

사자성어를 인용하며 에이미가 수를 향해 윙크를 했다. 노골적인 추파건만 전혀 가볍게 느껴지지 않았다. 오히려 섹시하게 느껴졌다.

"노래 먼저 들어볼까요?"

수는 옅게 웃으며 신호를 줬다. 그러자 피아노 건반 소리가 스튜디오에 퍼졌다.

너무도 귀에 익은 멜로디.

또 듣자마다 떠오르는 호화 유람선.

그리고 가슴 시린 사랑.

그래, 이 곡은 타이타닉의 OST 수록곡인 my heart will go on이었다.

전 세계인이 좋아하는 팝송으로 꼽힌 이 곡은 뮤즈로 칭송되는 셀린 디온이 불렀다. 타이타닉 호의 침몰과 맞물려 사랑하는 두 남녀의 마음을 노래한 이 곡은 지금까지도 세계의 명곡으로 사랑받고 있다.

"Every night in……."

에이미의 음색은 타고났다. 누구에게도 배운 적 없는 호흡은 탄탄했으며, 발성은 안 좋은 습관이 들지 않아 청아했다.

'아! 말이 필요 없어. 저건 타고났어. 돈으로 살 수도 없는 재능이라고!'

'지금 내가 느끼는 이 벅참을 시청자에게 느껴주고 싶어. 그러려면 어떻게든 우리 다다로 에미이 양을 데려와야 해.'

무대 내내 양태석과 박준형은 황홀한 눈길로 그녀를 탐냈다.

그에 반해 정작 에이미가 구애하던 수의 눈길은 차분했다. 너무 차분해서 오히려 심드렁하게 느껴질 정도였다.

'무대 매너, 가창력, 스타성 뭐 하나 이견이 없어. 이대로 생방송에 진출한다면 십중팔구 에이미 양이 우승, 이하나 양이 준우승을 차지할 거야.'

그건 단순히 수만의 예상이 아니다. 비전문가인 K팝스타들의 시청자들의 의견도 크게 다르지가 않다.

다른 참가자들도 출중하지만 유독 에이미와 이하나의 재능이 더 돋보이고 빼어나다는 걸 앞선 무대로 증명한 까닭이다.

수가 픽 웃었다.

'승자가 정해진 배틀이라…… 시청자가 정녕 보고 싶어 하

는 게 그런 걸까?'

수는 삐딱하게 의문을 던졌다. 동시에 의문은 다른 생각으로 빠르게 확장됐다.

'캐스팅이 되고 생방송에 진출한 참가자들은 이미 K팝스타들 초반부터 거론된 후보야. 반전도 없었지. 그들은 이미 지금 스타야.'

그렇다.

이미 앞서 캐스팅이 된 강길수나, 강민, 이하나 그리고 지금 열창 중인 에이미는 음원차트 상위권에 들며 대중의 많은 사랑을 받았다.

또 캐스팅이 확정된 지금 그들은 소속된 기획사와 계약을 맺을 확률이 높다. 프로 가수가 되어 활동을 할 가능성이 크다는 얘기다.

'그럼 나머지 탈락자들은? 이대로 끝나는 거야?'

수가 시선을 돌린 건 캐스팅이 되지 못한 탈락자들이다.

그들은 재능이 없어서 떨어진 것일까?

절대 아니다.

애초에 재능이 없었다면 캐스팅 미션까지 올라올 수조차 없었을 테니까.

다만, 그들은 자신을 단련시켜 발전시키는 방법을 모를 뿐이다. 그 미흡함이 자신의 성장을 더디게 만들고 결국 탈락의 고배를 마시게 하는 원인이 됐다.

수는 맨 처음 K팝스타들 심사위원직을 수락하며 내건 다짐을 상기했다.

어떤 참가자든 그 재능을 끌어낸다.

그들이 가고자 하는 음악의 길을 갈 수 있게 돕는다.

그것이 김강진에게 재능을 물려받은 수가 꿈을 꾸는 청춘들을 도울 수 있는 유일한 방법이라고 여겼으며 재능을 기부하는 길이라 믿었다.

"와우, 브라보!"

때마침 에이미의 무대가 끝나자 박준형이 기립 박수를 쳤다. 격한 감정을 그대로 표현한 것도 모자라 엄지를 치켜들며 최고라고 했다.

역대급의 무대를 선보인 에이미의 표정도 밝았다.

그녀는 연신 수에게 눈길을 주며 자신을 캐스팅하라는 무언의 신호를 보냈다.

말이 필요 없는 최고의 심사평을 끝으로 캐스팅이 시작됐다.

"TG는 에이미 양을 캐스팅하겠습니다."

"다다는 에이미 양을 캐스팅하겠습니다."

한 치의 예상도 없이 박준형과 양태석이 캐스팅에 나섰다. 그러면서 마지막 남은 수의 캐스팅 여부에 촌각을 곤두

세웠다.

지금까지 단 한 번도 캐스팅을 한 적이 없던 수였기에 또 나서지 않을 공산이 컸다. 그러나 이번 참가자는 강력한 우승 후보인 에이미인 만큼 변덕을 부릴지 아무도 모르는 일이다.

"……."

모두가 숨을 죽인다.

눈앞의 K팝스타들 우승을 떠나서 에이미는 스타의 자질을 타고났다. 미모, 몸매, 노래, 화끈한 성격까지 완벽하다. 기획사 대표의 입장에선 당연히 욕심이 날 수 밖에 없다.

"저희 스카이블루에서는 에이미 양을……."

에이미가 움푹 팬 보조개를 보이며 어여쁘게 웃었다. 마치 자신을 데려가 달라며 수에게 어필을 하는 모양새다.

잠시 뜸을 들이던 수의 입이 열렸다.

"캐스팅하지 않겠습니다."

"……!"

2

"잠시만요! 이의 있어요."

수가 조용히 마이크를 내려놓으려는 찰나, 에이미가 반발했다.

전혀 예상지 못한 돌발 상황에 모든 시선은 정우PD에게 쏠렸다.

문제가 발생할 소지가 있다면 그걸 사전에 막거나 컨트롤하고 조율을 해야 하는 게 연출을 맡은 정우PD의 역할이다.

휘휘.

그가 손짓을 하며 사인을 줬다. 할 얘기가 있다면 하라는 신호다.

"이수 심사위원님."

에이미는 또박또박 수를 지목하며 불렀다.

수도 내려놓았던 마이크를 다시 집었다.

"네, 하실 말씀이라도?"

"있죠. 있으니까 이렇게 마이크를 들었고요. 왜 절 캐스팅하지 않은 거죠?"

"……."

"납득이 가지 않아서 그래요. 뭐라고 이유라도 말씀해 주세요."

추궁을 하는 에이미의 붉은 눈시울은 언제 울음을 터뜨려도 이상할 게 없어 보였다. 늘 강한 모습만 보였던 그녀였지만 결정적인 순간에 수의 선택을 받지 못한 게 너무 실망스러웠기 때문이다.

그런 그녀의 모습에 수가 대답을 줬다.

"에이미 양."

"……네."

"에이미 양은 제가 본 어떤 참가자보다 아름다워요. 또 음악을 잘 알아요. 시청자들도 그걸 알고 심사위원인 우리도 알고 있죠."

"그러면 더욱 절 캐스팅해야 하는 거 아닌가요?"

에이미는 감정을 추스르며 되물었다.

수는 달래듯이 따뜻한 눈길과 말투로 대답했다.

"그럴 수 있죠. 근데 그 반대일 수도 있지 않을까요?"

"반대요?"

"에이미 양은 본인의 음악을 하고 있어요. 하지만 다수의 참가자들은 아직까지도 본인의 음악이 뭔지 찾지 조차 못했어요."

"그 말씀은……."

수는 미소로 다음 말을 대신했다. 굳이 더 무슨 필요하겠냐는 표현이기도 하다.

완전한 납득은 되지 않았지만 에이미도 조금은 알 것 같았다. 왜 수가 자신뿐만 아니라 앞서 쟁쟁했던 참가자들을 캐스팅하지 않았는지도.

'어쩌면 수 심사위원님은 K팝스타들의 우승 따위엔 관심

이 없는 걸지도 몰라.'

어렴풋하게나마 알 것 같았다. 어째서 수가 적극적으로 캐스팅에 임하지 않았는지 납득도 갔다.

"……무슨 말씀인지 알겠어요. 그래도 서운하지 않다면 거짓말이에요."

수는 씨익 웃어 보였다. 그 미소에 에이미의 가슴에 쌓여 있던 서운함이 봄날의 눈처럼 사르르 녹아버렸다.

어느 정도 상황이 정리되자 다시 캐스팅으로 돌아갔다.

잠시 잊혔던 양태석과 박준형은 긴장된 얼굴로 에이미의 선택을 기다렸다.

"전 다다를 선택하겠어요."

"와우, 웰 컴! 환영해요, 에이미 양!"

양태석과 박준형의 얼굴이 천당을 오갔다.

강력한 우승 후보이자 참가자 중 상품성 넘버 1으로 꼽히는 에이미를 얻은 자와 놓친 자의 기분이 극명하게 갈린 것이다.

양태석은 다음을 기약했다.

'아쉽긴 하지만 하나 양을 데려왔으니까. 그리고 계약은 K팝 스타들이 끝난 후에야 할 수 있어. 그때 데려오면 돼.'

뛰어난 뮤지션을 욕심내는 건 기획자로서 당연한 것이다. 비록 지금은 에이미를 데려오지 못했지만 후에 웃고 있는 것은 자신이 되리라 믿어 의심치 않았다.

다음 무대에서 양태석은 마지막 남은 캐스팅 카드를 사용했다.

TG와 다다는 할당량인 네 명의 참가자를 캐스팅하는 데 성공했다.

또 우승 후보로 거론되는 이하나와 에이미를 각자 데려간 만큼 절반의 성공을 거둔 캐스팅이라고 봐도 무관하다.

이제 남은 건 수다.

이쯤 되면 단 한 명의 캐스팅도 하지 않은 수의 의중을 묻지 않을 수가 없었다.

"너 애초부터 아무도 뽑을 생각이 없던 거였지?"

"네."

양태석의 물음에 수는 고민할 것도 없다는 듯 대답했다.

"K팝스타들은 배틀 오디션이야. 캐스팅이 절반을 결정하지. 정말 괜찮아?"

"그럼요. 전 이기고 지는 데 크게 관심이 없는걸요."

'진짜 캐스팅은 지금 결정 나는 게 아니잖아요.'

수는 뒤에 이어질 말을 삼키며 숨겼다.

지금 K팝스타들 배틀 오디션도 중요하지만 그것에 목을 매는 건 근시안적이다.

수는 바둑의 격언 위기십결을 상기했다.

‘작은 것에 연연하다 보면 큰 것을 놓치게 마련이다.’

우승자와 준우승자의 기획사 선택은 결승전 무대가 끝난 후에야 이뤄진다.

즉 지금 다다나 TG를 선택했다고 해서 그때 가서 최후에 스카이블루를 선택하지 말라는 법은 없다.

“난 모르겠다. 네 선택이니 존중은 하겠다만.”

박준형은 거기까지만 말을 하고 입을 닫았다. 한 명의 뮤지션으로서 수의 선택을 존중하지만, 한편으로는 이해하지 못하겠다는 말이기도 했다.

그 뒤로도 남은 몇 명의 참가자 무대가 더 있었지만 수는 캐스팅 카드를 사용하지 않았다.

결국 스카이블루는 한 장의 캐스팅 카드도 활용하지 않은 채 캐스팅 미션이 끝나 버리고 말았다.

“정우PD님.”

파이널 미션을 앞둔 수가 제작진에게 상의할 게 있다며 면담을 신청했다.

“네, 수 씨. 말씀하세요.”

“파이널 미션 말입니다. 그냥 제가 임의로 캐스팅을 하는 게 아니라 참가자들에게 한 번씩 기회를 더 주면 안 되겠습니까?”

“기회요? 하지만 그러면 방송 분량에 문제가…….”

수의 제의는 달콤하다. 분명 프로그램 포맷상 더 극적인 포장이 가능하다.

하지만 방송 시간은 한계가 있게 마련이다. 윗선에 얘기해서 편성 연장도 가능하지만 그래 봐야 십 분도 채 넘지 못한다.

"반주 없이 짧게 갈 겁니다. 참가자당 일 분 안팎이면 될 거고요."

"그러면 편집은 캐스팅된 참가자 위주로 뽑아야겠군요. 알겠습니다. 그렇게 하죠."

합의점을 찾은 수가 고개를 끄덕이고 다시 심사위원석에 돌아와 앉았다.

오래지 않아 캐스팅이 되지 못한 참가자들이 일제히 무대 위에 올라와 일렬로 섰다.

파이널 캐스팅에 참여하는 참가자는 총 열네 명이다. 이중 단 네 명이 스카이블루에 캐스팅될 것이고 나머지는 아쉽지만 K팝스타들을 떠나야만 한다.

수가 마이크를 들었다.

그러자 참가자들이 긴장한 얼굴로 수를 빤히 바라본다.

"지금부터 파이널 캐스팅을 시작하겠습니다."

"……."

"보다시피 제 손에 네 장의 캐스팅 카드가 남았습니다. 전이 네 장 모두를 여러분을 캐스팅하는 데 사용할 겁니다."

참가자들이 침을 꿀꺽 삼켰다.

어찌 보면 그들에게 생방송 진출이 달린 캐스팅은 꿈이나 다름없었다. 이제 그 꿈을 이루기 위한 마지막 기회가 주어지게 된 것이다.

"많은 말은 하지 않겠습니다. 기회는 균등하게 단 한 번, 1절만 허락합니다. 그 짧은 시간 동안 제 마음을 움직인 참가자에게 이 캐스팅 카드를 행사하겠습니다."

"……!

참가자들의 눈동자가 흔들렸다.

설마 다시 노래를 부르게 될 줄은 생각지도 못한 것이다.

참가자들의 혼란스러운 동공에 초점이 잡히며 생각이 깃든다. 마지막 기회를 잡기 위해 어떤 곡을 선곡해야 할지 고민이 시작된 것이다.

참가자들에게 생각할 시간을 주는 동안 수는 마지막 조언을 잊지 않았다.

"여러분의 간절함을 노래해 주세요."

파이널 캐스팅.

이제 시작이다.

3

K팝스타들 녹화가 끝났다.

생각지도 못한 추가 분량으로 인해 녹화 시간이 연장됐지만 그런 것쯤은 누구도 신경 쓰지 않았다. 방송 생활을 하다 보면 녹화 시간이 연장되는 정도는 밥 먹듯이 흔한 일이기 때문이다.

"장시간 앉아서 심사했더니 안 뻐근한 데가 없네."

수는 어깨와 목을 풀며 방송국 복도를 거닐었다. 그 뒤를 매니저와 비서를 겸하고 있는 승원이 쫓았다.

뚝.

앞서 걷던 수의 발걸음이 멈췄다.

대기실 문에 '스카이블루 캐스팅 참가자 대기실' 이라고 떡하니 적힌 A4용지가 붙어 있었다.

수는 노크를 통해 본인이 왔음을 알리고 대기실 문을 열었다.

"아, 안녕하세요."

수의 등장에 둥글게 앉아 있던 네 명의 참가자가 자리에서 벌떡 일어나 인사했다.

사적으로 이렇게 가까이서 수를 보는 게 처음인 듯 네 사람은 긴장한 티가 역력했다.

"왜 이렇게 표정들이 경직되어 있어? 캐스팅됐는데 하나도 안 기뻐 보이네."

수는 농담을 던지며 그들의 긴장을 풀어주기 위해 노력했다. 또 캐스팅된 참가자의 이름들의 이름을 일일이 한 명씩 불러주며 친근감을 쌓는 것도 잃지 않았다.

"내일부턴 우리 스카이블루로 출근하게 될 거야. 공식적인 스케줄을 제외하면 대부분 시간을 숙소와 회사에서 보내게 되는 거지. 기대되지 않아?"

"조, 조금요."

"조금? 이거 실망인데?"

수가 너스레를 떨며 반문하자 대답한 참가자가 깜짝 놀라 얼른 정정했다.

"아뇨, 많이죠! 엄청 기대가 돼요."

"암, 어떻게 올라왔는데 그런 적극적인 자세를 가져야지."

나름 나쁘지 않은 분위기 속에서 대화가 진행됐다. 긴장이 풀리고 조금이나마 서로에 대해 알아가는 시간이 끝나자 수가 한 명씩 이름을 호명했다.

"지호야."

"네?"

변지호가 고개를 들었다.

키가 작고 뚱뚱한 체격 까닭에 오디션 내내 주목을 받지 못했던 변지호다.

"너의 소리는 너무 흔해."

수가 시선을 돌렸다.

"한울이는 안 좋은 버릇이 너무 많고."

무슨 말인지 알겠다는 듯 임한울이 끄덕였다.

수의 시선이 굉장히 귀엽게 생긴 전효주에게 향했다.

"효주의 보이스는 너무 튀어서 약점이란 평가를 받았지."

"여, 열심히 할게요."

굳은 얼굴의 그녀가 입술을 물고 대답했다. 소심한 성격을 감안하면 이런 대답을 하는 것조차 발전하겠다는 의지로 비쳤다.

수가 웃으며 마지막으로 캐스팅된 조혜진을 쳐다봤다.

"노래는 감정을 움직이는 소리야. 혜진이는 그걸 못해."

"죽기 살기로 해볼게요."

조혜진은 용기를 내서 그리 대답했다. 어떻게 주어진 기회인데, 이걸 놓치고 싶은 생각은 추호도 없었다.

수는 네 사람을 번갈아 봤다.

"너희를 혼내려고 한 말이 아니야. 위로 올라가기 위해, 돌아보게 만들어주고 싶은 거지."

"아, 그, 그러시구나."

"본인들도 잘 알겠지만, 너희는 지금까지 K팝스타들의 주인공이 되지 못했어. 조연이었지."

"……."

수의 말이 심장에 비수가 되어 꽂혔다.

하지만 반발할 수가 없다.

이하나나 에이미, 강민, 강길수 같은 참가자들이 언론의 주목을 받으며 음원차트에 등장할 때 그들의 존재감은 바닥이었다.

심한 말로 네 사람이 참가했다는 사실조차 모르고, 기억조차 못하는 시청자도 많았다.

"근데 말이야, 한 번 조연이라고 영원한 조연이란 법은 없어."

"……."

"K팝스타들의 주인공은 네들이 될 수 있다는 말이야."

수의 말이 네 사람을 집중하게 만든다. 또 가슴 깊은 곳에 잠들어 있던 욕망을 톡톡 건드린다.

"어때, 이제 의욕이 좀 생겨?"

"네."

"그 자세야. 우린 들러리가 아니라는 거지."

수가 씨익 웃었다.

믿음직한 미소에 덩달아 네 사람의 입꼬리도 올라간다. 수와 함께라면 정말 K팝스타들의 주인공이 될지도 모른다는 자신감이 샘솟는다.

"해보자고. 우린 기적을 노래하는 거야."

제 2막.

진짜 K팝스타가 되기 위한 배틀은 지금부터 시작이다.

Chapter 10

1

수의 작업실.

수는 눕다시피 의자에 등을 기대고 앉아 눈을 지그시 감고 있었다.

잠이 든 게 아닌가 싶었지만, 자세히 보면 깨어 있는 걸 알 수 있다. 희미하게 떨리는 손가락이나 침이 넘어가며 움직이는 성대가 그 증거다.

"아……."

수는 나지막한 침음을 토해냈다.

무슨 안 좋은 생각이라도 한 것인가?

그런 의문이 들 때, 지그시 감고 있는 수의 눈꺼풀 아래로 동공이 흔들린다. 잔잔한 숨소리도 미묘하게 가빠진다.

주르륵.

수의 눈가를 타고 물줄기가 흘러내렸다.

복받친 감정은 이내 건잡을 수 없는 격동으로 이어졌다.

눈물은 좀처럼 멈출 생각을 않는다. 흐느낌이 없는 속 깊은 울음이기에 더욱 슬퍼 보였다.

"……."

수가 눈을 떴다.

눈물 때문인지 흰자가 충혈되어 있었다. 또 감정의 여운이 가시지 않았는지 여전히 시선이 또렷하지 못하고 흐리멍덩하다.

수는 의자를 곧추세워서 단단하게 고정했다.

테이블 위에 놓여 있던 만년필을 집었다. 이 고가의 만년필은 수의 출간과 베스트셀러 기념을 위해 팬들이 선물한 것으로 수는 작업을 할 때면 늘 애용했다.

스스슥!

수는 텅 빈 노트에 글자를 써 내려가기 시작했다.

고가의 만년필에 비해 글씨체는 허접했다. 그러나 잉크가 채 마르기도 전에 일필휘지로 써 내려가는 단어와 문장들은 진솔했다. 꼭 화려하거나 어렵지 않더라도 우리가 일상에서

쓰는 말들로도 이토록 아름다울 수 있다는 걸 보여주는 듯하다.

시간이 꽤 지났으나 수의 손놀림은 좀처럼 멈출 생각을 않는다.

좌락!

백지를 가득 메운 종이를 넘겼다. 벌써 몇 장째인지 모르겠다.

누군가 보면 낙서를 하는 게 아닌가 착각이 들 정도로 많은 활자로 백지를 채우고, 넘기고, 다시 채우기를 무한 반복했다.

그러던 때, 꾹 닫혀 있던 수의 입술이 열렸다.

"함께 있어서 슬픈 만큼, 함께 걸어갈 내일이 행복할 수 있도록."

단순한 문장이 아니다.

수는 이 문장에 자신의 작곡한 곡의 멜로디를 입혀서 노래를 하고 있었다.

"주름진 너의 눈가와 상처 입은 지난날도……."

굵지만 애절한 그의 노래에 맞춰 문장력이 생명력을 가졌다.

"웃음만, 웃어줘. 힘든 세상을 바라볼 수 있게."

깊게 몰입한 감정에 수의 눈가가 파르르 떨린다.

이건 제삼자의 이야기가 아니다.

바로 당사자인 수가 사랑하는 고은은을 향한 사랑과 미안함, 그리고 고마움을 진솔하게 담은 고해성사이며 연가(戀歌)다.

수는 진심을 담아서 가사를 썼다. 곡조를 해치지 않으면서도 감정의 전달을 극대화하기 위해 노력했다.

그도 그럴 것이 이 곡은 고은은의 테마에서 시작됐다.

'내겐 세상 무엇과도 바꿀 수 없는 소중한 여자.'

고은은을 너무 사랑했다.

그 사랑의 이기심으로 인해 그녀는 한국에 남게 되었다.

그녀는 본인의 선택이었다며 자책하지 말라고 했지만 그로 인해 많은 걸 잃어야만 했던 고은은을 곁에서 지켜본 수의 마음이 편할 리 없었다.

'……많이 울렸어.'

고은은은 부모님과 의절했다.

그녀를 낳아주시고 키워주신 부모에게서 등을 진다는 건, 차마 형언하기 힘든 창자가 찢기는 듯한 아픔을 주었을 것이다.

또 공식적으로 수와의 관계를 인정조차 받지 못했다.

수가 공인이라는 이유로 철저히 없는 존재처럼 지낼 수밖에 없었다. 남들 다 한다는 데이트도 하지 못하고, 남들처럼 둘만의 여행 같은 추억을 남기거나 흔적이 되는 사진조차 만들 수가 없었다.

'날 만남으로써 그녀는 소중한 걸 잃어야만 했어.'

수는 그 미안함을 이 노래에 담았다.

그러나 단순히 이 노래를 그런 미안한 마음의 표현으로 넘기고 싶지 않았다.

'날 위해 기다려 준 그 시간을…… 어떻게든 보답하고 싶어. 세상 누구보다 행복한 여자로 만들어주고 말 거야.'

그동안의 미안함과 고마움을 표현하면서 앞으로의 행복을 약속했다. 그것이 참고 기다려 준 고은은을 위해 수가 해줄 수 있는 유일한 보답이었다.

"다 썼다."

노트에 적힌 가사를 내려다보는 수의 시선이 아릿해졌다. 고작 활자일 뿐인데, 다시 보고 읽는 것만으로도 눈시울이 붉어지는 기분이다.

"이제 곡에 대입해 보자."

수가 노트에 적힌 가사를 멜로디에 대입해 보며 부르고 수정하기를 반복했다.

끼니조차 거르며 그 단순 반복 작업을 하면서 좀 더 어울리는 어휘를 찾는 데 열을 올렸고 새벽이 다 되어서야 작업이 끝이 났다.

"아! 제일 중요한 한 가지가 남았지?"

수가 잠시 손에서 놓아두었던 만년필을 다시 집고 고민에 잠겼다.

이미 다 머릿속에 박혀 버린 곡의 가사를 읽고, 또 읽기를 반복하던 수가 악보의 맨 위, 빈 여백에 글자를 써 내려갔다.

—그저, 사랑해.

곧 세상에 선보이게 될 수의 미니 앨범 타이틀곡의 제목이 정해졌다.

2

하모니가 컴백했다!

아직 차트 역주행의 여파가 남아 있거늘, 그녀들은 이 기세를 몰아 다시금 차트를 올킬시키려는 듯 신곡을 내놓았다.

러블리즈.

섹시 콘셉트로 인기를 끈 하모니가 내놓은 콘셉트는 놀랍게도 순수한 사랑이었다.

어찌 보면 어울리지 않을 교복 콘셉트의 스커트와 셔츠를 입고 단조로운 멜로디에 맞춰 안무를 추는 모습은 대중이 기존에 알던 하모니의 모습과 너무도 달라 어색함과 이질감을 줄 정도였다.

송정규 제작총괄은 너무도 바뀐 그녀들의 콘셉트를 우려했다.

"곡이 좋긴 한데, 너무 심하게 콘셉트에 변화를 준 거 아닐까요? 한 번 정도는 더 섹시 콘셉트로 자리맺음을 해도 괜찮을 것 같은데."

그러나 수는 단호했다.

"분명 반응이 올 겁니다. 기다려 보세요."

수는 러블리즈가 성공할 거라고 한 치의 의심도 하지 않았다.

그건 넘치는 자신감이나 자만, 또는 오만과는 다른 이유에서였다.

노래와 콘셉트도 흥행에 중요한 요소다.

그러나 수는 더 중요한 건 바로 멤버들 간의 조화에 있다고 생각했다.

'하모니만큼 순수함을 간직한 걸그룹은 이 가요계에 없어.'

순수함은 포장하거나 꾸밀 수 있는 게 아니다. 멤버 개개인이 지닌 그 자체의 순수함이 있어야만 그게 드러난다.

몇몇 기획자가 그러한 사실을 간과하고 순수 콘셉트를 내세웠다가 흥행에 실패하는 게 그런 경우다.

결국 순수 콘셉트는 신인 걸그룹의 전유물이 되고 말았다. 말 그대로 순수할 수밖에 없는 십 대의 소녀들을 데려다 무대에 세우는 셈이다.

수는 차별화 전략에 임했다.

순수.

불순물이 전혀 섞이지 않는 깨끗함에도 그 종류가 있다고 여겼다.

'세상의 세파에도 때 묻지 않는 강한 순수.'

성공을 조건으로 내건 성상납을 거부할 줄 아는 하모니의 순수함을 보여준다.

그건 더 이상 나약하고 설레기만 하는 어린아이 같은 순수를 벗어난, 조금 더 성장한 순수를 기반으로 한 건강한 여자의 성장을 다룬다.

그러기 위해 퍼포먼스도 준비했다.

교복 차림으로 무대에 서며 순수함을 노래 부르지만 후렴부에선 팔짱을 끼고 좀 더 강한 순수의 모습을 안무로 표현한다.

그게 다가 아니다.

스카이블루는 앞서 어린왕자의 성공 노하우를 활용해 철저한 시크릿 티저 영상을 사전에 배포했다.

차트 역주행이란 신화를 써 내려간 하모니이니만큼 대중들은 얼핏 드러난 콘셉트를 궁금해하고 열광했다.

그리고 드디어 음원이 발표됐다.

대한민국에서 가장 핫한 기획사 스카이블루의 마케팅.

음원깡패 대치동 살쾡이가 곡을 쓰고 프로듀싱.

차트 역주행 신화를 쓴 하모니의 인지도.

하모니가 대박을 칠 요소들은 충분하다 못해 넘칠 정도였다.

자정 12시를 기해 음원이 사이트에 전부 풀린 뒤, 9시간이 흘렀다.

그리고.

출근 시간이 끝날 무렵 7대 음원 사이트 1위에 러블리즈가 올랐다.

차트 올킬.

대박의 상징을 가리키는 차트 올킬이라는 신화를 다시 쓴 것이다.

3

대한민국이 시끄럽다.

대통령 탄핵설이 하루가 멀다 하고 나오며 시위가 끊이질 않는다.

국회에선 연례행사인 난투극이 벌어졌으며, 여당과 야당은 정책을 놓고 탁상공론만 벌이며 서민의 생활은 나 몰라라 했다.

그런 와중에 대형사고가 터졌다.

국회에서 속행하는 법안과 관련하여 절대 새어 나가서는 안 될 비밀이 새어 나간 것이다.

집권여당 새한국당으로서는 굉장히 심기가 불편했다.

이 법안은 서민들을 위한 법안이 아니다. 우리나라 사회의 기득권을 유지하는 상류층과 정재계 인사들을 위한 법안이기도 했다.

그래서 속전속결로 처리하려고 들었는데, 그게 그만 새어 나가고 말았다.

당연히 반발이 심했다.

특히 말보다 빠르다는 인터넷을 통해 유포되며 이 소식을 접한 젊은이들이 분노했다. 안 그래도 먹고살기 힘든 젊은 세대에게는 사형 선고나 다름이 없었다.

"일을 이따위로 처리합니까? 도대체 어디서 샌 거예요?"

새한국당 의원들의 불만은 이만저만이 아니었다.

"그러게 말입니다."

"여론을 생각하면 잠시 법안 통과를 밀어두는 편이 낫지 않겠습니까?"

"어림없는 소리요! 지금이 아니면 영영 기회가 없습니다."

분분하게 나뉘는 의견 속에서 새한국당 당 대표가 말했다.

"밀어붙입니다. 그리고 여론은 그쪽 업체에 연락해서 손쓰도록 하세요."

당 대표의 말에 국회의원들의 표정이 밝아졌다. 일목요연하게 그들이 원하는 바를 수렴하여 진행하는 까닭이다.

당 대표의 지시 아래 비서가 한 업체에 연락을 취했다.

모즈스타.

연예 전문 언론사로 단독 특종을 주로 다루는 곳이다. 대한민국을 발칵 뒤집을 만한 연예 특종은 모두 모즈스타를 통해서 공개된다고 해도 과언이 아닐 만큼 대박 기사를 쏟아내는 곳이다.

"네, 알겠습니다. 그러면 대표님 지시대로 센 거 하나 터뜨리겠습니다."

모즈스타 대표는 굽실거리며 전화를 끊었다.

모즈스타는 정치 쪽과 밀접하며 그들의 지령하에 움직인다.

이번에도 마찬가지다.

최대한 쇼킹하고 충격적인 걸 터뜨려 국민들의 눈을 흐리고 관심을 돌리려는 수작이다.

그가 대표실을 나서서 업무를 보는 직원들에게 소리쳤다.

"위에서 큰 걸로 하나 터뜨리란다."

"큰 거면?"

직원의 반문에 대표가 비릿하게 웃었다.

"잘나가는 놈 있잖아, 이수. 걔 열애 사진 다 뿌려 버려!"

4

상해 모 호텔의 대연회장.

오늘 이곳에서는 중국 경제를 움직이는 상해의 정재계 인사들의 모임이 예정되어 있었다.

성대한 행사의 크기만큼이나 각계각층의 유력 인사들이 참가했는데 면면에는 재벌 2세나 3세가 상당수를 이뤘다. 기업 경영이 세습으로 이루어지다 보니 이런 식으로 자기들만의 친목도모 형태의 모임이 잦았다.

기득권들의 유착 관계라고나 할까?

좀 더 단단한 관계를 다져 자신들의 부를 더 부풀리고 지키려는 데 주안점을 뒀다. 따지고 보면 정략결혼도 그와 같은 맥락이다.

또깍! 또깍!

붉은 드레스로 한껏 멋을 낸 류시시가 높은 구둣발 소리를 내며 대연회장에 들어섰다.

화사한 옷차림과 화장으로 그녀가 오늘 자리에 신경을 많이 쓴 걸 알 수 있었다. 다만 어째서인지 그녀의 표정은 굉장히 안 좋았다.

"진짜 아빠도 사람 보는 눈이 그렇게 없나? 아무리 회사가 소중해도 그렇지, 어떻게 두꺼비 같은 애를 나한테 들이밀 수 있어?"

그녀의 아버지는 이곳으로 오기 전 사진 한 장을 주셨다.

홍콩계 신생 IT 기업인으로 촉망받는 청년 사업가를 만나보란 얘기였는데, 강제성은 없지만 진지하게 교제를 했으면 하는 눈치였다.

"진짜 우리 쇼우 오빠 반이라도 쫓아가면 내가 말을 안 해. 어쩜 이렇게 현실성 떨어지는 애를 나한테 붙이는지."

툴툴거리던 류시시의 눈이 커졌다.

연회장에 들어서기가 무섭게 사진 속의 얼굴과 일치하는 남자를 딱 맞닥뜨린 것이다.

"최악이야."

잘나가는 청년 IT 기업인이라는 말이 맞는지 남자의 근처에는 많은 사람이 맴돌았다. 대부분 청년에게 줄을 대서 사업적인 관련을 맺거나 친분을 쌓으려는 이들이다.

더 웃긴 건 청년의 주위를 맴도는 여자들이다. 한껏 멋을 내 가슴과 등을 노골적으로 드러낸 여자들이 대놓고 추파를 던지고 있었다.

“쯧쯧. 눈이 삐어도 제대로 삐었지.”

류시시는 혀를 차며 고개를 휙 돌렸다.

아버지는 사진을 건네주며 말했다. 미리 언질을 해둘 테니 꼭 인사를 건네고 대화를 시도해 보라고 말이다.

그러나 그 말을 곧이곧대로 들을 류시시가 아니다. 아니, 애초에 그녀는 이런 파티에 참여하는 걸 썩 즐기지 않았다.

‘이럴 시간에 쇼우 오빠 노래를 한 곡 더 듣고, 사진을 한 번 더 들여다보고, 영상 보는 게 백배 천배 낫겠다.’

짜증이 이만저만이 아니다. 소중하게 보낼 수 있는 시간을 침해당한 기분이다.

성격 같아선 그냥 이대로 몸을 돌려 집으로 가버리고 싶은 걸 꾹 눌러 참았다. 오늘 이 자리를 찾은 이유는 저 전도유망한 백만장자 청년 사업가 때문이 아니라 다른 이유에서다.

‘분명 오늘 초대받았다고 들었는데…….’

류시시는 파티장 이곳저곳을 들쑤시고 다니며 눈동자를 굴렸다. 워낙 사람이 많은 까닭에 찾기가 좀처럼 쉽지 않았다.

“빙고!”

딱 힘이 빠지고 지칠 무렵 류시시의 레이더망에 목표물이

포착됐다.

남자들에 둘러싸인 채 웃음을 흘리는 한 여자가 눈에 들어왔다. 잘빠진 몸매에 눈웃음이 참 매력적인 여자다. 노출이 과하진 않지만 은은하게 속살이 비치는 시스루가 그녀를 더 요염하게 보이게 만들었다.

그녀의 이름은 도모에, 지금 상해의 사업가들이 가장 투자받길 원하는 재력가였다.

'완전 여우잖아?'

이전에도 몇 번 본 적이 있지만 유심히 보긴 오늘이 처음이다.

눈웃음을 살살 흘리면서 남자들과 어울리는 모습을 보고 있으면 괜히 얄밉고 질투가 난다.

'내 팔자야. 진짜 쇼우 오빠만 아니면 평생 말 붙일 일도 없는 여잔데.'

잠시 불평불만을 가졌지만 금세 그런 마음을 지워 버렸다.

악의적인 마음을 조금이라도 품으면 어떻게든 표정이나 말, 행동으로 드러나게 마련이다. 어려서부터 아버지로부터 비즈니스를 위한 마인드 컨트롤을 배운 그녀였기에 프로의 마음가짐으로 접근할 생각이었다.

물론 그게 가능할 수 있는 근본적인 이유는 수를 향한 마음이란 건 굳이 말할 필요도 없지 않을까.

"안녕하세요, 도모에 씨!"

류시시는 환한 미소를 지으며 아는 척을 했다.

도모에가 고개를 돌리며 빠르게 스캔했다.

금세 기억에 없는 초면인 걸 깨닫고는 조심스럽게 물었다.

"실례지만, 저 아세요?"

"네, 요새 상해 사교계에서 도모에 씨 모르는 사람도 있나요? 앗! 제 소개가 늦었네요. 류시시라고 해요. IT그룹 페이스라고 아시죠? 저희 아빠가 운영하고 있어요."

류시시는 내숭을 떨거나 자신을 감추려고 들지 않았다. 도모에의 재력에 대해서 모르는 사람이 없는 만큼 그녀와 동등한 입장에서 대화를 하려면 분명하게 신분을 밝히는 편이 낫다.

"어머! 어떻게 모를 수가 있어요? IT그룹 페이스를 이끌어 나갈 아주 젊고 아름다운 상속녀가 있다는 소문이 파다하던데 그분이 바로 류시시 씨였군요."

"젊은 건 맞는데, 아름다운 건 아닌 거 같네요. 미모로 치면 저보다 도모에 씨가 더 아름다운걸요."

류시시는 적절한 아부를 곁들이며 최대한 분위기를 화기애애하게 만들었다.

'아, 이런 건 내 스타일 진짜 아닌데.'

내키는 대로 하지 못해 근질거렸지만 그녀는 평정심을 잃지 않았다. 오히려 더 살갑게 굴며 접근했다.

"저 실례가 안 된다면, 언니라고 불러도 될까요? 제가 두 살 어린데."

"그러세요."

류시시는 타의 추종을 불허하는 친화력을 선보이며 급속도로 도모에와 가까워졌다.

곁에 꼭 달라붙어 많은 이야기를 나누다가도, 도모에가 다른 이와 대화를 나눌 때면 살짝 물러나 주는 매너도 잊지 않았다.

그러기를 반복하며 친분을 쌓던 류시시가 슬그머니 수의 얘기를 꺼냈다.

"저도 한류 완전 좋아하는데."

"류시시도?"

"네, 저 특히 쇼우 오빠 광팬이에요!"

"……."

리 쇼우, 수의 중국 이름이 언급되자 도모에의 표정이 순식간에 굳어졌었다가 원래대로 돌아왔다. 너무 찰나였던지라 웬만한 사람들은 보고도 인지하지 못했을 것이나 류시시는 놓치지 않았다.

'옳지, 딱 걸렸어.'

도모에는 아무렇지 않은 듯 미소를 머금었다.

"저랑 같네요. 리 쇼우 씨의 열렬한 팬이거든요."

"진짜요? 정말요?"

"네."

"완전 신기해요! 하필 언니가 쇼우 오빠 팬이라니 너무 기뻐요."

류시시는 아이처럼 좋아했다. 마치 꼭 친해지고 싶은 언니와 취미를 공유함으로써 가까워진 걸 기뻐하는 모습과 같았다.

'슬슬 떡밥을 뿌려볼까?'

이쯤하면 뜸은 충분히 들였다.

류시시가 가자미눈을 뜨고 좌우를 조심스럽게 살폈다. 굉장히 은밀하면서도 눈치를 살피는 게 스파이를 보는 듯하다.

"언니, 이거 완전 비밀인데요."

"비밀이요?"

류시시가 입을 그녀의 귀에 가져다 대곤 낮게 속삭였다.

"저 쇼우 오빠랑 개인적으로 연락하고 지내요."

"……!"

"언니한테만 털어놓는 비밀인데 제가 천의 얼굴 리 쇼우 팬클럽 부회장이거든요."

도모에는 놀란 표정을 감추지 못했다. 설마 하니 자신의 앞에서 해맑게 웃고 있는 류시시가 수와 깊은 관련이 있으리라고는 꿈에도 생각지 못했다.

"노, 놀랍네요."

"뭘요, 실은 며칠 전에도 따로 단둘이 만나서 식사도 했어요. 헤헤."

"……."

단둘이 식사를 했다는 말에 도모에의 동공이 흔들렸다.

수는 공과 사를 철저하게 구분하는 성격이다. 그런 수가 사적으로 만날 정도라면 팬클럽 부회장을 떠나서 굉장히 돈독한 사이라는 의미다.

도모에의 반응으로 미루어 보아 오늘은 이 정도면 됐다 싶어 류시시가 슬금슬금 발을 뺐다.

"앗! 시간이 벌써 이렇게 됐네. 저 이제 갈게요, 언니. 덕분에 지루한 파티 재미있게 보냈어요."

"아니에요, 저야말로 덕분에 심심하지 않았어요."

류시시는 휴대전화를 내밀어 그녀의 전화번호를 받았다. 사무적으로 이용하는 번호야 어렵지 않게 알아낼 수 있지만 그녀의 개인적인 전화번호를 얻은 것이기에 매우 만족스러웠다.

"이만 갈게요! 나중에 쇼우 오빠 볼 일 있으면 언니도 같이 가요!"

"그래요."

작별을 고하며 류시시가 떠났다.

홀로 남은 도모에는 멀어지는 그녀의 뒷모습을 말없이 쳐다보며 읊조렸다.

"류시시."

아무래도 그녀에 대해 좀 더 알아봐야 할 것 같았다.

5

대연회장을 빠져나온 류시시는 대기하고 있던 최고급 외제 세단에 올라탔다.

그녀는 차 문이 닫히기 무섭게 발을 옥죄던 구두를 벗어 던졌다. 또 머리에 이고 있던 티아라를 빼더니 고개를 세게 저으며 머리를 풀어 헤쳤다.

"아오, 답답해. 뒤에 지퍼 좀 내려봐."

부끄러움도 잊은 듯 등을 홱 경호원에게 들이밀었다. 당황할 법도 한 상황인 데도 경호원은 침착하게 드레스의 지퍼를 반쯤 내려주었다. 이젠 적응이 된 듯 꽤나 능숙한 손놀림이다.

"고개 빨리 안 돌려?"

그러나 늘 현명하게 처신할 수는 없는 일이다. 오늘처럼 류시시가 유독 미모에 신경을 쓴 날엔 경호원도 그녀에게서 눈을 떼지 못하다 한 소리를 듣기도 했다.

"아, 피곤해. 바로 집으로 가요. 여기 더 있다간 스트레스로 죽을 거야."

차가 출발하자 류시시는 차량에 비치된 미니 냉장고에서 냉수를 꺼내서 벌컥벌컥 들이켰다. 그제야 꽉 막혀 있던 답답함이 싹 가시는 듯하다.

"와, 말도 막 못 하고 미치는 줄 알았네. 이건 내 스타일이 아니야. 일단 지르고 봐야 내 적성에 딱인데, 이건 뭐 눈치나 보고 있으니."

그녀의 불같고 직선적인 성격 탓에 도모에게 살살거리던 것 자체가 어마어마한 스트레스였던 것이다.

"뭐, 결과는 나쁘지 않은 것 같긴 한데…… 아차! 내 정신 좀 봐. 쇼우 오빠한테 전화해야지. 룰루랄라."

보고를 핑계로 어떻게든 수의 목소리를 듣고 싶은 욕심에 얼른 전화를 걸었다.

최근 여러 가지 사안으로 긴밀하게 연락을 주고받는 사이인 만큼 수는 곧장 전화를 받았다.

—여보세요.

"오빠, 저 류시시예요!"

—네, 이 시간엔 어쩐 일로…….

"어쩐 일이긴요. 목소리 듣고 싶어서 전화했죠. 헤헤."

—…….

"농담이고 조금 전에 도모에 씨와 만났다가 헤어졌어요."

본론을 꺼내자 통화의 분위기가 바뀌었다.

—잘 만나셨나요?

"나쁘지 않았어요. 분위기도 좋았고. 쇼우 오빠랑 친하다고 하니 굉장히 놀라더라고요. 꼭 숨겨놓은 애인 들킨 것처럼?"

—…….

수가 할 말을 잃었다.

"어머, 진짜 애인은 아니죠?"

—설마요. 저 바람 안 피웁니다.

"아쉬워라! 진짜 숨겨놓은 애인이면 나도 시켜달라고 하려고 했는데."

—…….

수를 놀리는 맛에 재미를 들린 류시시가 배시시 웃으며 다시 본론을 꺼냈다.

"어쨌든 떡밥은 물었어요. 분명 도모에 씨도 저와 수 씨의 관계를 알아보려고 할 거에요. 그래도 뭐, 나올 게 없겠지만."

—수고 많으셨어요. 그리고 도와주셔서 감사합니다.

수가 진심을 담아서 고마움을 전했다.

애초에 그녀의 도움이 없었다면 이런 플랜을 세우지도 못했거니와 시도를 할 엄두조차 내지 못했을 것이다.

"됐어요. 고맙단 말은 프로젝트가 성공한 후에 들을게요. 그땐 제가 뭘 부탁해도 거절하기 있기, 없기?"

—그때 가서 얘기 나누도록 하죠.

뚝.

수는 일방적으로 전화를 끊어버렸다. 용건이 끝난 지금 더 이상의 대화는 피곤함을 가중시키기만 한다는 걸 그간의 경험으로 익힌 까닭이다.

"어머, 박력 봐. 이러니 내가 헤어 나오질 못하지. 헤헤."

여전히 그녀의 사랑은 일방통행이다.

Chapter 11

1

스카이블루에 새 식구가 늘었다.

K팝스타들을 통해서 수에게 캐스팅된 참가자들이다.

처음 그 네 명의 참가자가 캐스팅됐다는 소식에 가장 놀라움을 금치 못했던 건 장위안 대표다.

"뭐, 뭐라고요?"

그는 너무 놀란 나머지 벌어진 입을 한동안 다물지 못했다고 한다.

공사가 다망함에도 올 시즌 K팝스타들을 1화부터 한 편도 거르지 않고 생방송 사수했던 그다.

단순히 재미있어서?

아니다.

그는 K팝스타들을 통해 심사위원으로 활동 중인 수가 회사의 위상을 끌어올리는 게 좋았다. 또 그런 수를 흠모하며 대놓고 스카이블루로 오기를 희망하는 참가자들을 보며 절로 흐뭇했다.

'다른 애들은 몰라도 에이미 양과 이하나 양은 무조건 우리 스카이블루로 올 거야.'

본방을 사수하는 내내 장위안 대표는 우승 후보 두 사람의 캐스팅을 믿어 의심치 않았다.

에이미는 방송 초기부터 수에게 배우기 위해서 아메리칸 아이돌마저 포기하고 한국으로 들어온 케이스였다.

또 미완의 대기 이하나는 K팝스타들을 통해 수의 가르침을 받아 일취월장한 성장을 보이며 스타성을 찾아가고 있었다.

'다 필요 없어. K팝스타들에서 에이미 양과 이하나 양만 데려오면 끝난 거야. 그 둘이 전부라고!'

이미 흥행 돌풍과 수의 감성심사로 인해 막대한 투자금액의 값은 톡톡히 얻었다고 해도 과언이 아니다.

그런 와중에 에이미와 이하나까지 전속 계약을 맺을 수 있다면 스카이블루의 위상은 단숨에 국내 톱 기획사의 반열에 들고도 남을 것이다.

그런데 그 믿음이 산산조각 나버렸다.

3주 뒤에 있을 생방송 무대를 앞두고 생뚱맞은 네 남녀가 캐스팅이 됐다며 회사를 찾아왔으니 충격이 이만저만이 아니었다.

"수 씨, 저랑 따로 얘기 좀 할까요?"

결국 면담을 요청한 장위안 대표와 수가 마주 앉았다.

"저요, 진짜 납득이 안 갑니다. 제작진한테 현장 상황을 들으니 캐스팅 미션에서 한 명도 캐스팅하지 않으셨다면서요. 대체 왜 그러신 겁니까?"

"장 대표님도 왜 에이미 양이나 하나 양을 캐스팅하지 않았는지 묻는 거죠?"

"네. 아니라곤 말을 못 하겠어요."

두 사람은 적지 않은 시간을 함께 겪은 파트너다. 굳이 말을 빙빙 돌려서 하기보다는 단도직입적으로 묻고 그에 관한 답을 주는 대화에 익숙하다.

"대표님, 제가 물어볼게요. K팝스타들에 제가 심사위원으로 참여하면서 노렸던 점이 뭐죠?"

"그야 스카이블루의 인지도 상승이죠."

"네, 그거죠."

수가 의자에 등을 기댔다. 예상한 질문인 듯 여유롭게 다리까지 꼬며 대답했다.

"지망생이나 연습생이라면 누구든 꿈꾸는 기획사. 그러려면 남들 다 예상하는 우승 후보 데려다 놓고 우승해 봐야 체면이 서겠습니까?"

"그 말씀대로라면, 노마크 참가자들을 데리고 K팝스타들 우승을 차지하겠다?"

"이제야 말귀가 좀 통하시네요."

수가 씨익 웃었다.

"저 애들 재능은 하나 양이나 에이미 양과 비교해도 전혀 부족한 게 없습니다. 다만 자신의 음악과 소리를 낼 줄 모를 뿐이죠."

"……."

"또 저 네 사람에겐 다른 누구에게도 없는 특별한 한 가지가 더 있습니다."

"그게 뭡니까?"

수가 짧게 대꾸했다.

"간절함이요. 이미 실패를 경험한 이의 간절함은 성공한 이의 간절함보다 강한 법이거든요."

"간절함이라…… 수 씨가 하는 일이니 믿고 맡기겠습니다만, 정말 자신 있으신 거죠?"

장위안 대표가 재차 물었다.

이건 수를 믿지 못한다기보다는 걱정이 앞서서다. 수에게 거듭 괜찮다는 확인을 받으며 안심을 하고 싶은 마음에서다.

"저 믿으세요. 저 네 사람을 통해 대한민국을 깜짝 놀라게 만들 테니까."

수가 자신감 넘치게 대답했다.

지금까지 불안감을 지우지 못했던 장위안 대표는 그 말로 마음가짐을 고쳐먹었다.

다른 사람은 몰라도 수에 대한 신뢰는 대단한 그다. 아마 팥으로 메주를 쓴다고 해도 믿을 만큼 깊다. 또 믿고 시작한 일인 만큼 끝까지 수가 잘해내 가리라는 기대를 잃지 않았다.

"좋습니다! 수 씨가 그리 말씀하신다면 저도 더는 말하지 않겠습니다."

"고맙습니다, 대표님."

"판은 제가 만들고 깔겠습니다. 그러니 저 애들 데리고 마음껏 날뛰어보세요!"

협상 타결이다.

이제는 캐스팅 미션에서 뽑히지 못한 네 명의 낙오자를 어느 정도 선까지 끌어올려 변화를 시킬 것인지는 수에게 달렸다.

수는 대표실을 나서 승강기 앞으로 걸어와 버튼을 눌렀다.

꾹.

지하에 내려가 있던 승강기가 올라오길 기다리면서 생각을 정리했다.

'3주라…….'

일수로 치면 21일이다. 길다고 하면 길지만, 돌아보면 한 달도 채 되지 않는 시간이다. 한 인간이 변했다고 느낄 만큼 발전하기엔 턱없이 부족하다.

'그 안에 해내야 해. 이전과는 완전히 다른 음악이라고 시청자들이 느낄 수 있을 만큼. 그걸 해내지 못한다면 죽었다 깨어나도 기적을 노래할 수 없어.'

오늘 날짜로 방영될 K팝스타들 분량이 캐스팅 미션이다.

1회와 2회로 나뉘어서 방영이 되는 만큼 2주라는 시간이 빈다.

생방송 무대가 진행되는 그다음 차 주까지 고려하면 무대를 준비하고, 능력을 가다듬기까지 주어진 시간이 딱 3주, 21일이다.

딩동.

마침 승강기가 도착해 문이 열렸다. 곧장 올라탄 수가 목적층 버튼을 눌렀다.

"시간이 촉박해. 쉽지 않겠어."

자신 있다고 얘기는 했지만 생각만큼 쉬운 일은 아니다.

음악은 공부와 달라서 무조건적인 암기라든가 노하우, 요령, 연습만으로는 쉽게 나아지거나 발전을 하지 않는다.

예술적인 이해와 깨달음, 흔히들 말하는 재능을 필요로 한다.

이게 떨어진다면 백번 천번 얘기해도 소용이 없다. 공부는 강압한다면 어느 정도의 성과를 보이지만 음악은 그렇지 못하다.

"애들을 믿자. 다들 재능은 갖고 있어. 단지 못 찾았을 뿐이야. 그걸 옳은 방향으로 인도하고 잠재력을 끌어내는 게 내가 할 일이잖아."

수는 거듭 다짐하며 승강기에서 내렸다.

복도에서 마주친 직원들의 인사를 받으면서 향한 곳은 캐스팅된 네 사람이 기다리고 있는 대기실이다.

끼이익.

문고리를 잡고 돌리자 K팝스타들 촬영을 위해 온 조명 감독과 카메라 감독, 그리고 정우PD도 대기하고 있었다.

그 너머로 긴장한 네 참가자의 얼굴이 눈에 들어왔다.

"하이, 에브리원!"

수가 미소 띤 얼굴로 손을 흔들었다.

"안녕하세요."

네 참가자가 약속이라도 한 듯 입을 모아서 인사했다.

수는 미소를 지우지 않은 채 테이블을 사이에 두고 그들과 마주 앉았다. 제작진 측에서 별다른 상황이나 설정을 요구하지 않았던 만큼 일상적인 대화가 이루어졌다.

"다들 각오는 하고 있지? 캐스팅된 게 후회될 만큼 스파르타식 강행군 트레이닝의 연속일 거거든."

수의 으름장에 변지호가 대답했다.

"하, 하나도 겁 안나요."

"저도요. 하나라도 더 가르쳐 주세요!"

조혜진의 눈빛에서부터 열정이 넘실거렸다. 한 번 놓쳤던 기회를 겨우 다시 잡은 만큼 생방송 무대에서 떨어지고 싶지 않았다.

수가 힐끗 보니 임한울과 전효주의 태도도 크게 다르지 않았다. 눈가에 이글거리는 열망이 배우고 싶어서 안달이 난 듯 보였다.

'반은 성공했군.'

수는 흡족했다.

그간 K팝스타들 라운드가 진행되면서 이들은 조연으로 전락하고 말았다.

또 에이미나 이하나 같은 참가자들에 눌려 제대로 기조차 펴지 못했다.

본인들의 마음속에서도 이미 저들과 경쟁에서 이길 수 없다는 패배 의식이 깊게 뿌리내리고 있었다.

그런데 지금 눈빛에선 그런 조연이라는 인식에서 많이 탈피한 듯 보였다. 캐스팅이 끝나고 수가 해준 한마디 말 때문이었다.

"해보자고. 우린 기적을 노래하는 거야."

그 한마디에 마음가짐이 바뀌었다.

또 그 말을 한 장본인이 수다. 음원깡패 대치동 살쾡이이기도 한 그가 한 말이기에 더욱 신뢰가 가고 자신감이 붙었다.

"너희 뽑으면서 대략적으로 말해주긴 했지만 앞으로의 트레이닝 방향에 대해서 다시 구체적으로 얘기해 줄게."

꿀꺽.

드디어 시작이다.

자신을 바꿔놓을 수 있는 마지막 3주에 네 사람은 영혼이라도 팔 준비가 되어 있었다.

"우선 혜진이."

"네."

"네 약점은 감성이란 거 알고 있지?"

끄덕.

이미 앞선 라운드에서 세 심사위원에게 꾸준히 약점이라고 지적을 당했다. 문제는 본인이 극복하고 채우려고 해도 그게 잘되지 않는다는 거다.

"감성은 한순간에 채워지는 게 아니야. 아직 어리기에 더더욱 그래."

"……."

"하지만 모름지기 가수라면 나이를 막론하고 감성이 있어야만 해. 우리는 감성을 파는 사람이니까. 앞으로 3주간 너에게 없는 감성을 채우는 데 초점을 둘 거야. 방법은……."

조혜진이 눈을 빛냈다. 어떤 트레이닝일지 굉장히 기대하는 눈초리다.

"하루에 네 시간씩 고전을 읽을 거야. 그리고 하루에 한 편씩 세계적인 명작 영화를 볼 거야. 그게 다야. 간접적으로나마 부족한 감성을 채워."

"어, 영화요?"

조혜진은 당황한 듯 눈을 연신 감았다 떴다. 생방송 무대가 코앞인데 혹독한 트레이닝을 받긴커녕 전혀 생뚱맞은 독서와 영화 감상을 시키니 더더욱 그러했다.

수는 더 부연하지 않고 휙 고개를 돌려 변지호를 봤다.

"지호는 소리가 흔하단 지적을 받았지?"

"네……."

"세상에 흔한 소리는 없어. 네 목소리는 이 세상에 너 하나야. 흔한 건 가창력으로 압도하면 돼. 그러기 위해 기초적인 호흡부터 다시 시작할 거야."

일방적인 통보다. 타협의 여지가 없다.

수가 시선을 전효주에게 돌렸다.

"효주 넌 보이스가 가장 큰 장점이야. 넌 특이한 네 보이스 때문에 실패했다고 생각하지만 아니야. 넌 아직 네 장점을 아직 네 것으로 완벽히 만들지 못했어."

"무슨 말씀인지 알아요."

"특별하기만 해선 살아남을 수 없어. 특별함에 하나를 더 더해야만 해. 그러기 위해 네 장기인 발라드를 버리고 다양한 장르의 음악을 하게 될 거야. 락, 댄스, 재즈 심지어는 랩까지 배우게 될 거야."

"래, 랩까지요?"

수는 반문에 답을 주지 않고 시선을 돌렸다. 임한울 차례다.

"한울아."

"네."

"넌 오늘부터 안 좋은 습관을 고칠 거다. 새로운 걸 익히는 것보다, 몸에 밴 습관을 고치는 게 더 힘들 거야. 단단히 각오해."

"뭐든 시켜만 주세요."

이걸로 스카이블루에 캐스팅 된 네 명의 참가자가 3주간 받아야 할 트레이닝의 방향이 정해졌다.

"궁금한 것도 많고, 물어볼 것도 많을 거야. 근데 묻지 마. 네들이 알고 싶어 하는 전부가 3주 후에 드러날 거니까."

수는 마지막으로 확신을 심어주는 것도 잊지 않았다.

"너흰 할 수 있어. 세상을 놀래킬 기적의 노래를 불러주자고."

2

한국프로바둑리그 5라운드.

오늘은 수가 대국에 임하는 날이다.

최근 하모니의 신곡 작업과 녹음, 그리고 K팝스타들에서 캐스팅된 네 아이를 가르치느라 눈코 뜰 새 없이 바쁜 시간을 보냈다.

그런데 하필이면 이런 시기에 벽산건설 진인수 감독이 SOS를 쳤다.

"2승 2패야. 대장으로 나가줬으면 한다."

마지막 제5국의 승자가 해당 라운드의 팀 승리를 가져간다.

상대 팀 MG화학은 리그 꼴지인 만큼 대장전인 수까지 가지 않아도 어렵지 않게 승리를 쟁취할 거라고 생각한 게 오산이다.

상성에 맞춰 필승 전략을 세웠다고는 했지만 바둑에는 너무 많은 변수가 있고 끝내 제3국을 둔 강혁과 제4국을 둔 목준석이 연패를 하면서 승부가 원점으로 돌아오고 말았다.

더구나 이번 라운드는 벽산건설 입장에서도 굉장히 중요했다. 따지자면 안 중요한 라운드가 있겠느냐만, 만약 5라운드에서 팀 승리를 따낸다면 2위 고려인삼과 팀 승리를 2승 차이로 벌리며 독보적 선두를 나설 수가 있다.

진인수 감독은 무패를 지켜 이 기세를 쭉 유지하고 싶었다. 그러다 보니 수의 승리가 절대적으로 필요하게 되었다.

"팀이 필요로 하는데 가야죠."

수도 흔쾌히 응했다. 누군가 자신을 필요로 하고 기대한다는 것 자체로 행복한 일이기에 거절하고 싶은 생각도 없었다. 그렇게 수는 제5국을 두게 되었다.

벽산건설 팀 연구실.

팀원들이 두루 모여 복기를 하며 대국을 관전하는 이곳은 여느 때와 달리 한산했다.

평소에는 시간이 남으면 팀원들이 함께해서 대국을 지켜보며 응원의 메시지를 보내주거나 함께 복기를 하며 연구를 했는데 오늘따라 텅 비었다.

"아무도 없네?"

수가 의아해했다. 한 번도 이런 적이 없었기에 그럴 수밖에 없었다.

끼이익!

그때 문이 열렸다. 진인수 감독이 도착한 것이다.

"일찍 왔군?"

"안녕하세요."

"일단 축하 먼저 해야지. 아시안게임 국가대표로 선출된 거 축하하네."

수는 건네는 손을 마주 잡고 흔들었다. 악수를 끝내고 손을 뗀 두 사람이 모처럼의 담화를 나누었다.

"오늘 썰렁하네요?"

"아무도 안 올 거야."

"네?"

"내가 오지 말라고 했네."

한 팀에 속해 있다는 소속감과 사기 증진 차원에서도 오늘 같은 날은 팀원들을 소집하는 경우가 많다. 2승 2패의 상황에서 승리를 할 경우 그 기쁨을 함께 나누고자 회식으로 이어지는 경우가 많기 때문이다.

"저한테 따로 하실 얘기라도?"

진인수 감독은 실없는 사람이 아니다. 이유 없이 팀원들을 부르지 않았을 리가 없고 그만한 이유가 있을 거라고 짐작했다.

"맞네. 따로 만나서 할까 했건만, 자네가 워낙 바쁘다 보니 이렇게 시간을 내는 게 나을 것 같아서 말일세."

"굳이 안 그러셔도 되는데 그러셨어요? 저도 소속 선수인데 감독님 말은 잘 듣는답니다."

"하하. 기분은 좋은 대답이군. 천하의 이수가 내 말을 잘 듣는다니."

호쾌하게 웃음을 터뜨리던 진인수 감독이 소리를 멈췄다.

"실은 아시안게임 문제로 보자고 했네."

"말씀하세요."

"그전에 혹시 일본과 중국 쪽 선발 기사에 대한 얘기는 들었나?"

수가 고개를 저었다.

"아뇨, 요새 너무 경황이 없어서 도통 소식도 접하질 못했네요."

진짜다. 하모니와 K팝스타들에 캐스팅된 애들부터 시작해서 수 개인 앨범 작업까지 하느라 하루 24시간이 모자랄 지경이다.

"그럴 것 같아서 내가 얘기해 주려고 하네. 중국에선 천예오에 4단, 아니, 이젠 9단이 대표로 뽑혔네."

"역시. 근데 9단이요?"

"중국 국내기전 우승과 승단전을 통해서 9단이 된 모양일세."

수보다는 더딜지 모르지만 나이를 감안하면 빠른 승단이다. 그만큼 올해 천예오에 9단의 기세가 좋다는 의미로 해석된다.

"천예오예라면 당연히 대표로 뽑힐 만하죠."

"그것도 중국 팀 주장이네."

"대단하군요."

수가 순수하게 감탄했다.

주장이란 건 바둑 실력 이상으로 친화력과 통솔력이 있어야만 한다.

아시안게임은 바둑 개인전과 단체전으로 나뉘어서 진행이 되는 만큼 팀의 화합도 중요하기에 주장의 역할이 크다.

"일본에서는 자네가 아는 기사도 국가대표로 발탁됐네."

"제가 아는 기사면……."

"기왕전 결승에서 붙은 일본의 신예기사 준고 말일세."

"……!"

수의 눈이 크게 떠졌다.

안 그래도 어떻게 지내나 궁금했던 터였다. 비록 기왕전 결승에서 수에게 패배해 준우승에서 그쳤지만 아직 십 대인 걸 감안하면 준고의 발전 가능성은 수 이상이라고 해도 과언이 아니다.

"그때 있었던 잡음은 잘 해결한 모양이군요."

"부친이 불법 도박에 손을 댔다지? 다행히 준고는 무고하더군."

"다행이네요."

진심이다. 부모의 부덕으로 인해 자식인 준고의 재능이 빛을 보지 못하고 썩어가는 것만큼이나 안타까운 일은 없다.

"걔가 일본 언론 인터뷰에서 자네를 언급했네."

"저를요?"

"국가대표가 되자마자 일본 기자에게 물었다더군. 한국 대표로 이수가 나오느냐고."

"허……."

수의 눈에 고집스러우면서도 지기 싫어하는 준고의 얼굴이 떠올랐다. 보지 않았어도 어떤 표정으로 물어봤을지 머리에 그려진다.

"일본 기자가 나온다고 대답하니 잘됐다며 웃었다고 하네. 그러면서 기왕전에서 당한 설욕을 갚겠다고 이를 갈았다지."

"무서운데요?"

수가 움츠러드는 시늉을 하며 겁먹은 척을 했다. 그러나 입은 웃고 있었다. 수는 도전을 피하기보다는 그 도전을 즐기고 있었다.

"일본 언론의 설레발도 대단해. 자네를 꺾고 일본 바둑이 다시 세계바둑의 패권을 찾아올 거라고 믿어 의심치 않는 눈치네."

"해보라고 하세요. 절대 내어주지 않을 테니까."

수는 자신만만했다.

지금의 한국 바둑은 중국에 호각 이상으로 여겨질 만큼 정점에 올라섰다.

프로 바둑기사로서 전성기에 접어든 원성진 4단과 조한성 9단을 비롯해서 신성처럼 등장해 순식간에 바둑계를 점령한 입신 수도 있다.

이 세 명의 편대만 하더라도 갖는 무게감이 어떤 국가와 비교해도 대단하다.

"좋아, 소식은 이쯤 전해주고, 진짜 오늘 자네와 할 얘기를 할까 하는데 괜찮겠나?"

"하세요."

"아시안게임이 개인전과 단체전으로 진행이 되는 건 알고 있나?"

"네, 알고 있습니다. 개인전은 국가별로 한 명이 참가하며 토너먼트로 진행되고, 단체전은 한중일이 승자전으로 가는 걸로 들었습니다."

"정확히 알고 있군."

이미 수가 룰에 대해 인지하고 있으니 부수적인 설명은 생략했다.

진인수 감독은 본론을 꺼냈다.

"내가 고민한 부분은 그거네. 이수 자네를 개인전으로 내보느냐, 단체전으로 내보내느냐 이거일세."

"아…… 전 뭐든 상관없습니다."

잠시 고민했지만 수는 개의치 않는 얼굴을 했다. 개인전이든 단체전이든 수는 최선을 다할 것이고 본인이 할 수 있는 바둑을 보일 것이다.

"난 자네의 바둑을 보며 토너먼트에 최적화되었다고 느꼈네. 그래서 개인전으로 내보내려고 했는데, 요 며칠 마음이 변했네."

"무슨 이유가 있으셨나요?"

"있지."

수가 눈을 직시했다. 심경이 큰 변화가 온 듯 보였는데, 그게 뭔지 궁금해하는 눈초리였다.

"자네가 국가대표 선발전에서 박동찬 6단과 둔 대국의 기보를 보았네."

"그걸 보셨습니까?"

"기보를 보고 하나 느낀 게 있네."

"……."

"묘수 세 번이면 그 바둑은 진다. 아니, 묘수 세 번에 자네는 끌려가던 흐름을 엎어버렸지. 그게 가능했던 이유가 뭘까?"

수에게 오히려 질문을 던지며 시선을 맞췄다.

"태극마크에 대한 간절함이었네."

"아!"

"예전에 한국기원의 임원과 고문들이 모인 자리에서 자네가 그랬지. 태극마크 짊어지겠다고. 난 기보를 보며 느꼈네. 그 기백과 무게가 자네의 바둑에 깃들어 있다는 걸 말이야."

"……."

수는 한마디 말도 할 수가 없었다. 고개를 들 수가 없을 만큼 과분한 금칠에 어찌할 바를 모르겠다.

"내 눈이 틀리지 않았다면 자네는 이미 진짜 국가대표네."

"아닙니다, 아직도 많이 부족하고말고요."

진인수 감독이 고개를 저었다.

"그래서 내가 자네에게 부탁하고 싶은 게 있네요."

"부탁이요?"

"개인전이 아닌 단체전으로 나가주게."

수의 동공이 확장됐다.

의외다. 토너먼트에 강하다는 걸 뻔히 알면서도 개인전이 아닌 단체전을 권할 줄은 생각지도 못한 것이다.

'그게 뭐가 중요해? 난 태극마크가 부끄럽지 않게 최선을 다해서 둘 뿐이야.'

수는 시원하게 대답했다.

"전 뭐든 상관없습니다."

"고맙네. 그리고 한 가지 부탁이 더 있네."

"뭐든 말씀하세요."

진인수 감독이 빙그레 웃었다.

"국가대표 단체팀 주장을 맡아주게."

"……!"

3

중국의 후난위성.

창사에 위치한 방송국으로 중국판 나도 가수다의 방송을 통해 큰 재미를 본 곳이기도 하다.

중화권을 발칵 뒤집어놓은 것도 모자라 나가수 신드롬까지 일으킨 걸로도 유명했는데, 최근 들어서 그 기세가 좀 뜸했다.

그로 인해 총연출을 맡은 후준PD의 고민이 이만저만이 아니었다.

"이대로는 안 돼. 떨어지는 시청률에 끝은 없어."

나도 가수다 시청률이 최근 들어 저조하다. 그냥 낮은 수준이 아니라 심각하게 떨어졌다. 그도 그럴 것이 같은 포맷으로 가수만 바꿔어가며 순위전을 치르는 형태다 보니 한계가 명확했다.

특히 출연자의 인지도나 음악의 성과에 따라 시청자들의 반응도 극과 극으로 갈리다 보니 시청률의 폭도 컸다.

"후우, 리 쇼우가 그립군."

회를 거듭할수록 후준PD는 수의 빈자리를 크게 느꼈다.

수 이후로는 수처럼 음악으로 청충평가단을 감동시키고, 시청자의 마음을 뒤흔들 줄 아는 퍼포먼스를 지닌 가수가 등장하지 않았다.

유일하게 장경부가 생각지도 못한 스타성을 뽐내며 승승장구하고 있다지만 그것도 이번 주로 끝이다. 그가 졸업을 하게 되기 때문이다.

장경부까지 졸업하게 되면 시청률은 큰 타격을 받을 것이다.

이대로는 답이 없다.

가왕전까지 최대한 버티려고 했건만, 이 추세면 시청률 저조에 가왕전 녹화에 차질이 갈 수도 있다.

프로그램을 이끌어 나가는 엄마의 입장에서 후준PD는 그런 상황을 바라지 않았다.

"방법은 하나야. 가왕전을 앞당겨야겠어."

가을에 예정되어 있던 가왕전을 앞당기는 것.

홍행과 스타성을 지닌 수와 장경부, 뤄샤오이 같은 가수들을 최대한 무대로 불러와 경합시킨다.

그것이 풍전등화 같은 나도 가수다의 시청률을 살릴 수 있는 유일한 길이라고 여겼다.

4

하모니가 대박을 쳤다.

소위 말하는 어중간한 대박이 아니라, 올해 상반기에 판매된 여성 앨범 중 가장 높은 판매고를 올렸다.

무려 3만개나 팔렸다.

오프라인 음반시장에서 걸그룹 음반이 고전을 면치 못하는 걸 감안하면 어마어마한 대박이다. 그도 그럴 것이 여자의 지갑보다 더 열기 힘든 게 남성의 지갑인 까닭이다.

그게 가능한 이유는 이번 타이틀곡 러블리즈의 사랑스러움에 있었다.

—귀여워 미치겠네. 우리 유영이 확, 깨물어주고 싶다.

—아, 전 돌겠어요. CD를 넉 장이나 샀는데, 우리 혜지 브로마이드가

안 나와요ㅠㅠ 죄다 시카 거야.

—헉, 시카요? 혜지 거 저 있어요. 주소 불러 드릴 테니 우리 교환하죠.

—다희 같은 여자친구 만나고 싶어요. 만날 수 있을까요?

—없습니다.

—다희 같은 츤데레는 뭘 해도 만날 수가 없어요. 포기하세요.

—오늘 홍대에서 직관 보고 왔어요! 너무 사랑스러워서 미칠 것 같았습니다.

—어? 저도 거기 갔는데. 실물 보니까 더 귀여웠어요.

—전 막내 귀염둥이 유영이 사진 프린트해서 베게에 붙였답니다. 잘 때마다 꼭 껴안고 자야지〉_〈!

—우리 유영 님을 더럽히지 마시오.

—천사님을 풀어줘라!

하모니의 신곡 러블리즈의 반응은 열풍을 넘어서 붐에 가까울 정도로 폭발적이었다.

그 열광의 밑바탕에는 남성팬들의 보이지 않는 팬덤이 있었다. 음지에서 활동하며 좋아하더라도 티를 내지 않던 그들이 단숨에 주 소비층으로 올라선 것이다.

그 과정에 장위안 대표의 수완이 빛났다.

그는 수가 잡은 블링블링한 콘셉트에 일본 애니메이션 업체의 노하우를 접목했다.

무슨 말이냐면, 단순히 음원을 넘어서 캐릭터 산업에까지 손을 댄 것이다.

그 대표적인 상품이 바로 피규어다.

대개 피규어에 대해 만화나 애니메이션의 주인공들을 3D로 구현시킨 정도로만 알고 있다. 또 일부 마니아의 문화로만 알려져 일반인들은 모르는 사람이 대다수다.

장위안 대표는 일본 유학의 경험을 살려서 러블리즈 콘셉트에 맞는 하모니 멤버들의 안무 동작 몇 개를 피규어로 제작했다.

한정판 음반과 함께 이벤트성으로 시장을 파악해 보자는 의미로 시험해 봤는데, 그 부분에서 생각지도 못한 대박이 나 버리고 말았다.

십만 원이 넘는 고가였음에도 숨겨져 있던 남성 팬덤의 힘은 엄청났다.

몰려드는 주문 요청에 힘입어 추가적으로 오백 개를 제작하여 판매에 돌입했다. 놀라운 건 며칠 만에 그 모든 피규어가 완판이 되었다는 점이다.

—매우 만족스러워요! 퀄리티도 좋고, 볼수록 사랑스럽네요.

—다희는 사랑이라고 배웠습니다.

—빠른 배송에 만족합니다. 하모니 대박 나라!

—내 인생에 피규어는 없다고 생각했는데…… 룰을 깨버렸습니다. 그래도 행복하대. 헤헤헤.

—새벽에 출근할 때 혜지가 절 보며 잉크를 해주네요ㅠㅠ

하모니의 새 앨범 콘셉트를 정하고 러블리즈 곡을 기획한 건 수다. 그러나 마케팅부터 관련 상품 판매까지 수익을 극대화시킨 건 장위안 대표였다.

어린왕자부터 하모니까지 두 사람은 대박을 쳤다.

서로의 장점을 완벽히 인지하고 신뢰하며, 단점을 커버해주는 파트너적 경영이 주효하게 작용한 것이다.

덕분에 스카이블루에 관심을 갖는 투자자들이 늘어났다. 코스닥 상장 이전에 채권 매입의 의사를 표명하는 투자자들도 등장했다.

아직 서류적인 문제와 본사와 협의 건으로 처리할 사안이 많았지만, 이 추세라면 탄력이 붙어 상장이 되는 것도 시간문제였다.

그 와중에 수의 타이틀곡 '그저, 사랑해'가 완성됐다.

본격적인 마케팅과 관련해서 의견이 나오자 장위안 대표가 의견을 제시했다.

"티저 영상을 1차, 2차, 3차로 나누어서 갑시다."

"그렇게나 많이요?"

송정규 제작총괄이 반발했다. 1차와 2차까진 그러려니 했으나 3차까지 나눠서 공개하는 건 좀 과하게 느껴진 까닭이다.

"대표님, 제가 보기에도 너무 많은 것 같은데요. 두 개로 나누심이 나을 듯싶습니다."

김남재 기획총괄도 같은 의견을 보였다.

그러나 장위안 대표는 단호했다.

"아뇨, 3차로 갈 겁니다."

"무슨 생각이라도 있으신 겁니까?"

"스토리텔링형 뮤직비디오로 갈까 합니다."

"스, 스토리요?"

생각지도 못한 그의 말에 수를 위시한 송정규, 김남재가 깜짝 놀랐다.

뮤직비디오란 오디오 발매에 맞춰 그에 어울리는 영상을 붙여 제작하는 것이다. 신인이든 기성이든 대개는 홍보 차원에서 제작하는 게 관례다.

문제는 스토리텔링형에 있다.

2000년대 한국에서 유행했던 방식의 뮤직비디오로 하나의 스토리로 이어지는 형식이다. 짧은 단막극이나 영화를 보는 듯한 느낌을 준다.

그런데 문제는 이런 스토리텔링형 뮤직비디오가 최근 트렌드에 맞지 않다는 것에 있다. 워낙 이미지적인 면에 중점을 둔 트렌드를 미루어볼 때 시대에 뒤처진다는 인상을 받을 수밖에 없다.

"저 어렸을 때 많이 보고 자라서 그런지 나쁘진 않네요."

수의 학창시절은 그야말로 스토리텔링형 뮤직비디오의 붐이었다. 얼굴 없는 가수로 활동하던 가수의 시리즈 연작 형식의 뮤직비디오는 음악보다 더 가슴 찡한 스토리로 당시 청춘들을 울렸다.

그러나 그것만으로 밀어붙이기엔 부족하다.

"굳이 이 타이밍에 스토리텔링형 뮤직 비디오를 꺼낸 이유가 뭔지 궁금하네요. 설명 좀 부탁드릴게요."

수는 반발하기보다는 우선 차분하게 설명을 요구했다.

실없는 말을 하는 사람이 아니고 늘 최고의 마케팅을 위해 노력하는 그였기에 어떠한 연유에서 이런 형식을 차용하려고 드는지 궁금했다.

"제가 먼저 수 씨한테 묻고 싶은 게 있습니다."

"뭐죠?"

"그저, 사랑해라는 곡은 수 씨가 은은 씨를 위해 쓴 곡이죠. 맞습니까?"

"네."

수가 망설임 없이 끄덕였다.

이미 수가 노래하는 이 곡의 대상이 고은은임을 이 자리에 있는 장위안 대표, 김남재, 송정규도 다 알고 있었다.

고은은에 대해 감추고 숨길 이유가 어디에도 없었다. 물론 그녀의 임신과 관련된 사실은 장위안 대표만 아는 비밀이었다.

"딱 그겁니다."

"그거?"

"수 씨가 곡을 쓴 이유에 걸맞은 스토리를 입힌 뮤직비디오를 제작해서 감동을 극대화하는 겁니다."

장위안 대표의 말을 간단하게 요약하자면 이렇다.

수의 곡에 가사와 의미에 맞춰서 한 편의 영화 같은 뮤직비디오를 찍자, 그 영상을 기반으로 티저 영상을 나누어 만든 뒤 홍보를 하자는 뜻이다.

'나쁘지 않긴 해.'

수는 진지하게 고민했다.

남들이 다 하는 걸 따라가는 건 의미가 없다. 하물며 발라드 곡의 뮤직 비디오 포맷은 굉장히 한정적이다 보니 더더욱 그러하다.

'문제는 차별성인데…….'

한발 더 나아가야 한다. 대중의 시선을 사로잡고, 궁금해서 미치게 만들 만큼의 완성도를 선보여야 성공이 보장된다.

그러한 맹점을 장위안 대표도 꿰뚫어 보고 있었다.

그는 이미 수가 그 부분을 고민한다는 걸 알고 있었다는 듯 그에 대한 해답을 내놓았다.

"블록버스터로 갑시다."

"블록버스터요?"

장위안 대표가 의미심장하게 웃는다.

"대한민국 최고 남자 배우이자 한류스타 황인찬, 할리우드가 주목하는 중국 최고의 여배우 장신위안으로 가죠. 아! 감독은 초한지를 찍은 장 첸 어떻습니까?"

"……!"

저게 가능하다면 뮤직 비디오 역사에 남을 초호화 캐스팅의 완성이다.

5

강남에 위치한 모 호텔 결혼식장.

연예인들도 종종 이용한다는 이곳은 일반 서민들은 엄두도 내지 못할 식비로 유명한 곳이다.

바로 이곳에서 오늘 수가 아는 한 쌍이 부부로 맺어진다.

원성진 4단과 김수진 기자가 그 주인공이다.

수의 소개로 맺은 두 사람의 인연은 결국 결혼까지 골인하게 됐다.

한국 바둑기원에 속한 많은 이가 식장을 찾았다. 동료 프로 바둑기사 선후배들도 축하를 해주기 위해 왔다.

수도 그 중 한 명이었다.

"저거 이수 아냐?"

"어, 진짜? 맞는 것 같은데?"

"와, 여기서 이수 볼 줄이야! 결혼식장에 왔나 봐."

수를 알아본 몇몇 하객이 어쩔 줄을 몰라 하며 수군거렸다. 그들의 입장에서 보면 우연찮게 연예인을 본 격이니 당연히 놀랍고 호들갑을 떨 수밖에 없었다.

그러나 수는 그런 걸 바라지 않았다.

'오늘의 주인공은 내가 아닌걸.'

수는 철저하게 들러리가 되길 바랐다. 오늘 가장 축복을 받고 박수를 받아야 할 사람은 그가 아니라 원성진 4단과 김수진 기자인 까닭이다.

"신랑, 신부 입장!"

사회자의 외침에 서로 손을 꼬옥 잡은 두 남녀가 등장했다.

짝짝짝!

멋들어진 턱시도에 웨딩드레스를 걸친 두 사람은 수가 아는 사람이 맞는지 의심스러울 정도로 선남선녀가 따로 없었다.

수줍은 듯 행복해하는 시선을 나누는 두 사람을 보며 수가 쓰게 웃었다.

'같이 왔으면 좋았을걸.'

함께 오지 못한 고은은이 마음에 걸려서다.

오늘 아침까지도 고민했다. 모르는 사람도 아니고 이 두 사람의 결혼인 만큼 직접 축하를 해주고 싶었다.

그러나 차마 함께 올 수가 없었다.

수와 고은은에겐 축하보다 더 중요한 생명이 자라나고 있기 때문이다.

"신랑, 신부를 위한 축가가 있겠습니다. 특별히 두 분의 결혼을 축하해 주기 위해 가수 이수 씨께서 축가를 불러주시겠습니다."

"와아아!"

짝짝짝!

신랑신부 입장 때보다 더 큰 박수와 환호가 쏟아졌다.

축가는 처음이기에 수도 살짝 떨렸으나, 금세 평정심을 되찾았다. 수는 프로였으니까.

"Nothing better, nothing better……."

가수 정엽의 nothing better을 열창했다.

속삭이는 듯한 발성과 가늘다 못해 녹아드는 가성이 묘미인 이 곡은 행복하길 바라는 신혼부부에게 등불과 같은 축복의 의미를 선사했다.

"감사합니다."

완창을 한 수는 그 말을 끝으로 조용히 홀을 나왔다. 마지막 순간까지 함께하고 싶었으나 주변의 관심이 본인에게 쏠릴 것을 우려해 비켜준 것이다.

그런 수의 뒤에 찰싹 달라붙어 쫓아오던 매니저 승원이 갑작스레 다급한 음성을 토해냈다.

"뭐라고요?!"

그답지 않게 흥분한 어투에 수가 돌아봤다. 전화 통화 중인 그의 표정이 심상치 않았다.

"무슨 일이에요?"

"그, 그게……."

반쯤 넋이 나간 표정의 승원이 대답했다.

"이, 이사님, 스캔들이 터졌대요. 지금 인터넷이 발칵 뒤집혔답니다."

"……!"

수의 얼굴이 딱딱하게 굳어졌다.

Chapter 12

1

수는 다급하게 예식장을 빠져나왔다.

주차장으로 가기 위해 발걸음을 떼는 수의 표정이 잔뜩 굳었다.

'은은 씨.'

수의 머릿속엔 온통 그녀의 생각으로 가득 찼다.

기자들은 도대체 어떻게 알았을까?

아니, 알았다면 어디까지 알고 있는 걸까?

지금 고은은은 괜찮은 걸까?

너무 많은 생각으로 인해 두통이 밀려왔다. 아예 아무런 생각도 들지가 않았다. 오직 하나, 언론으로 인해 고은은과 뱃속의 태아가 상처를 입거나 다치지 않을까 우려스러웠다.

"타세요!"

주차장에 도착하기가 무섭게 다가온 밴에 올라탔다. 그 타이밍에 딱 맞춰서 휴대전화가 울렸다. 장위안 대표였다.

—수 씨, 기사 봤습니까?

"아직 못 봤습니다. 좀 전에 스캔들이 떴단 얘기만 들었어요."

수의 목소리는 침통했다. 이럴 줄 알았으면 차라리 고은은과의 교제 사실과 임신 소식을 미리 전할걸 하는 후회가 밀려왔다. 그러나 이미 늦은 뒤다.

—그래요? 그러시다면 누구랑 떴는지도 모르겠군요?

사태가 촉각을 다툴 만큼 시급한데 의외로 장위안 대표의 목소리는 차분하다.

"누구냐니요? 그야 당연히……."

그가 말을 흐리는 수의 말을 딱 끊고 들어왔다.

—고은은 씨가 아닙니다.

"네? 뭐라고요?"

수가 너무 놀란 나머지 천장에 머리를 부딪칠 뻔했다. 고은은이 아니라면 수와 스캔들이 날 만한 여자가 없는 까닭이다.

—국보소녀 지아입니다.

"지, 지아 씨가 저랑요? 그거 확실한 겁니까?"

수는 믿기지 않는 듯 재차 물었다.

—네, 맞아요. 이미 파파라치 사진까지 떴습니다.

"……."

수의 표정이 미묘하게 일그러졌다.

어찌 보면 고은은이 아니니 다행일 수도 있지만, 최근 연락도 뜸하고 만난 적도 없는 지아와 스캔들이 난 게 이해가 가지 않는 까닭이다.

—일단 회사로 들어오시겠습니까? 정면엔 기자들이 쫙 깔렸으니까, 뒷문 열어두겠습니다.

"네, 바로 가겠습니다. 승원 씨, 회사로 가줘요."

"알겠습니다, 이사님."

수가 전화를 끊기 무섭게 승원이 액셀을 밟으며 출발했다. 사안이 꽤나 시급한 만큼 지체할 겨를이 조금도 없었다.

그사이 수는 휴대전화로 인터넷에 접속해서 기사를 확인했다.

"뭐, 뭐야? 이 사진들은?"

연예인 폭로로 유명한 모즈스타에서 내건 스캔 기사에 실린 사진들을 본 수는 까무러치게 놀라고 말았다.

시간 순서대로 논문을 쓰듯 일목요연하게 정리해 놓은 사진들은 누가 봐도 연인이라고 의심이 갈 수밖에 없을 만큼 딱 딱 맞아떨어졌다.

"이건 듀엣 활동하기 전에 외곽 지역에서 만났을 때 사진이잖아?"

시발점은 듀엣과 곡에 대한 의견을 나누기 위해 경기도 외곽에 위치한 모 레스토랑에서 찍힌 사진이다.

수와 지아가 만나서 인사하는 장면.

같이 식사를 하고 나와서 손을 흔들며 헤어지는 장면.

보안이 철통같다고 하여 일부러 이쪽으로 예약해서 약속을 잡았는데, 어떻게 된 영문인지 모조리 찍혀 있었다.

"허! 병원? 이건 내가 입원했을 때잖아."

더 가관은 수가 한국프로바둑리그와 중국판 나도 가수다 출연으로 몸이 축나 병원에 입원했을 때의 사진이다. 수가 입원해 있던 병동을 오가는 지아의 모습이 찍힌 것이다.

"출판 강연회? 이걸 또 이렇게 엮어?"

수는 어처구니가 없었다.

'못다 핀 꽃 한 송이' 가 베스트셀러에 오르고 종각의 대형서점에서 출판 강연회를 한 적이 있다. 문인협회에서 나온 문인들과 논쟁을 벌였던 날로 기억한다.

그날 수를 축하해 주기 위해 지아가 손수 사인회를 찾았었다. 몇 시간 동안 줄을 서서 기다리던 팬들에게 인사를 한 뒤, 수에게 축하 인사를 건네고 떠났다.

그런 일화들을 하나하나 교묘하게 엮어서 수와 지아 사이에 깊은 감정이 있기에 가능했던 상황으로 표현했다.

"시나리오 쓰고 자빠졌네."

수는 어처구니가 없으면서도 이 기사를 쓴 기자가 누군지 심히 궁금했다.

사진 몇 장과 추측성 글 몇 줄로 수와 지아를 빼도 박도 못하는 연인으로 탈바꿈시킨 필력에 경악을 금치 못하겠다.

수는 살짝 안심했다.

이 정도라면 크게 신경 쓸 수준은 아니다.

인기가 있다 보면 누구나 한 번쯤 스캔들을 겪는 거 아닌가?

부인하면 그만이다.

당사자들이 교제하는 사이가 아니고, 실제로 그럴진대 부인하면 이 얘기는 잊힐 것이다.

수는 금세 사그라질 불장난이라고 여겼다.

그래, 기사 맨 말미의 사진을 보기 전까지만 해도 그랬었다.

"이, 이 사진은?"

휴대전화를 쥐고 있는 수의 손이 미세하게 떨렸다. 감정의 격동이 손끝으로 그대로 전해진 까닭이다.

마지막 사진은 수와 지아가 다정하게 볼을 꼭 붙이고 찍은 사진이다. 그 와중에도 지아는 입술을 내밀고 한쪽 눈을 윙크하듯 찡그리며 아양를 부리는 것도 잊지 않았다.

초근접 셀카였는데, 작년에 가시나무 뮤직에 지아가 불시에 도시락을 싸들고 왔을 때 찍은 사진으로 짐작됐다.

근데 이게 뭐가 문제냐고?

어차피 흔한 사진인데?

문제는 이 사진을 찍을 당시에 입고 있던 두 사람의 옷에 있었다.

가슴이 훤히 파인 지아의 상의와 하필 브이넥을 입었던 수의 티셔츠가 절묘하게 맞아떨어지며 본의 아니게 상체가 노출된 인상으로 사진이 찍히고 만 것이다.

거기에 기자가 단 주석이 대중의 상상력을 자극하게 만들었다.

—얼마 전, 해킹 당한 지아의 SNS를 통해 유출된 비공개 사진. 두 사람의 관계가 심상치 않음을 보여주는 대목이다.

더 무슨 말이 필요할까?

불난 집에 기름을 끼얹는 듯한 기자의 한마디에 대중들의 의심은 확신으로 변질되기에 충분했다.

"진짜 이러니 기자들이 쓰레기란 소리를 듣지. 확실히 알지도 못한 채 이런 추측성 기사나 쓰고. 이러니 소설 쓴단 얘기를 안 들을 수가 있냐고."

수는 이따위 거짓말로 일관된 기사를 쓴 기자에게 이를 갈며 댓글로 시선을 돌렸다.

스캔들 기사가 뜬 지 삼십 분도 채 되지 않았건만, 이미 기사에는 수천 개의 댓글이 달려 있었다.

—캬! 이제 빼도 박도 못하겠는데? 누가 봐도 사귀는 각이구만?

—ㅠㅠㅠㅠ수 오빠, 이거 아니죠? 진짜 아니죠? 진짜면 나 죽어버릴 거야ㅠㅠㅠㅠ

—마지막 사진 오지네;;; 저거 딱 봐도 침대에서 찍은 거 아니냐?

—숱한 잠자리 경험으로 침대 맞는 거 같습니다.

—야, 이거 동영상도 있는 거 아니냐? 사진도 찍는데, 동영상도 안 찍었을 리가 없잖아?

—지아, 이수 ㅁ스 동영상? 죽이네 ㅋㅋㅋㅋ 꼭 보고 싶다.

—우리 오빠가 너무 아깝잖아ㅠㅠㅠ

—하여간, 잉여들 수준하곤ㅉㅉ 부러우면 부럽다고 말해. 잘 어울리기만 하는데.

—ㅊㅋㅊㅋㅊㅋ 국보소녀도 이제 끝났네^^

—ㅋㅋㅋㅋㅋ저러고 또 아니라고 할걸? 쟤들 하는 짓이야 뻔하지.

수와 지아의 스캔들에 이미 네티즌들은 저마다 추론을 하고 안주로 삼아 씹느라 정신이 없었다.

대한민국의 No.1 걸그룹 국보소녀에서도 가장 인기가 많은 지아와 한류스타이자 수많은 수식어를 낳은 이 시대의 천재 아티스트 수의 열애설이기에 그 관심의 강도가 더욱 셌다.

"아, 이러고 있을 때가 아니지."

수는 전화번호 목록을 뒤져서 고은은에게 전화를 걸었다.

스캔들 기사를 보고 초조해하고 상처라도 받지 않을까 걱정스러웠다. 그런 불안함이 뱃속의 태아에게도 악영향이 갈 수 있기에 더더욱 그랬다.

"은은 씨, 저예요."

—수 씨…….

"혹시 제 기사 봤어요?"

—네, 조금 전에…….

고은은은 뒷말을 흐린다.

두 사람의 관계가 언론에 알려지진 않은 게 다행이긴 했으나, 수와 지아가 찍은 마지막 사진은 오해의 소지가 다분했다.

"무슨 생각하는지 알지만, 저 믿어요. 은은 씨가 우려하는 그런 일은 추호도 없었어요."

—저 수 씨 믿어요. 그러니까 제 걱정 하지 마요.

단호한 고은은의 목소리엔 힘이 실려 있었다.

확고한 믿음.

절대적인 신뢰였다.

오히려 경황이 없는 수의 조바심을 진정시켜 줄 만큼 단단한 말이다.

"믿어줘서 고마워요. 한동안 기사는 보지 마세요. 뭐가 됐든 저한텐 은은 씨뿐이에요."

—저도요.

"몸조리 잘하고 최대한 마음 놓고 있어요. 첫째도 태교! 둘째도 태교 아시죠?"

—풉.

고은은이 낮게 웃었다. 이럴 때일수록 그녀가 아무렇지 않은 척 굴어야 조금이나마 수의 짐을 덜어줄 거라고 생각한 것이다.

"한동안 본가에는 못 갈 것 같아요. 잘못 움직였다간 파파라치 때문에 은은 씨까지 오픈될 수 있어요. 저 없어도 몸조리 잘해야 해요. 아셨죠?"

—네…… 수 씨 올 때까지 씩씩하게 기다릴게요.

"이해해 줘서 정말 고마워요. 시간 날 때마다 전화할게요. 사랑해요."

—저도 사랑해요.

수는 거기까지 말하고 전화를 끊었다.

더 목소리를 듣고 있다가는 이런 사태가 벌어지게 만든 미안함과 죄책감 때문에 평정심을 잃고 그녀에게 가버릴 것 같았다.

"미안해요, 은은 씨."

수가 통화가 종료된 휴대전화를 보며 사과했다.

"제가 다 처리할게요. 그러니까 조금만 기다려 줘요."

2

TG엔터테인먼트도 발칵 뒤집혔다.

국보소녀의 지아는 국민며느리라는 타이틀과 더불어서 예능, 연기, 가수 등 다양한 분야에서 인정받는 만능 엔터테인먼트다. 그만큼 출연하는 프로그램도 많고, CF촬영도 많다 보니 스캔들이 주는 타격이 컸다.

"이 사진을 저 인간들이 어떻게 갖고 있는데!?"

지아가 분노한 가장 큰 이유는 수와 단둘이 찍은 초근접 셀카다.

안 그래도 오해의 소지가 있을 것 같아 SNS 비공개 사진으로 해둔 뒤 공개하지 않았다.

그런데 요 며칠 스케줄로 바빠 SNS에 접속하지 못하다가 다시 접속을 했는데, 누군가 다른 사람이 접속했던 흔적이 남아 있었다.

처음엔 대수롭지 않게 여겼다.

그런데 다시 생각해 보니 찝찝했다. 그래서 사진을 모두 지우고 비공개로 변환했다.

하지만 이미 그때는 해킹을 당하고 비공개 사진까지 다 유출이 된 이후였던 것이다.

"지아야, 대표님이 찾으셔."

결국 스캔들은 일파만파 커졌고 TG엔터테인먼트 전체 비상 회의가 소집이 되었다.

양태석 대표까지 다 모인 자리에 죄인처럼 끌려온 지아가 처음 받은 질문은 이거였다.

"너 진짜 이수랑 사귀어?"

"안 사귄다고 몇 번을 말해요."

"근데 사진이 아니라고 보기엔 좀……."

지아가 인상을 팍 썼다.

뒷말을 흐렸지만 그다음 말이 연인이 아니라고 보기엔 너무 끈적끈적한 모습이라는 말을 내포하고 있었다.

아니라고 몇 번이고 말을 해도 믿어주지 않고 재차 물어오자 지아가 성질을 이기지 못하고는 악을 바락 질렀다.

"안 사귄다고요! 내가 세 번이나 고백했다가 차였는데, 사귀긴 뭐 사귀는데? 아니, 사귀었으면 억울하지라도 않다고요!"

"……!"

결코 꺼내고 싶지 않은 지아의 상처가 만천하에 공개되고 말았다.

3

스카이블루 대표실.

수의 스캔들 사태의 무마책을 찾기 위해서 한자리에 모였다.

"공식 입장으로 반박 기사 먼저 내겠습니다."

송정규 제작총괄의 말에 다들 동의했다. 반론의 여지가 없는 까닭이다.

"하! 문제는 네티즌이나 대중이 반박 기사를 믿어주느냐는 겁니다. 요새 워낙 네티즌들이 의심이 많고 또 본인들이 믿고 싶은 대로 믿어버리는 추세라서……."

김남재 기획총괄은 잠깐 사이에 몇 년은 더 늙어 보였다. 사전에 언론사와 접촉을 통해서 파악하고 차단을 했어야 했는데, 그러지 못한 것이 못내 아쉬웠다.

"이사님, 죄송한데 이 사진의 출처에 대해서 여쭤봐도 되겠습니까?"

"나도 가수다 무대를 준비할 때 지아 씨가 녹음실에 놀러 온 적이 있습니다. 그때 찍은 사진인데, 하필 당시 입은 옷이 저래서 오해의 소지가 많네요."

역시 문제는 마지막 볼을 맞대고 찍은 셀카 사진이었다.

누가 봐도 침실로 오인할 수 있는 배경에 교묘하게 상반신이 노출된 까닭에 나체 사진이라고 충분히 오인할 수 있는 까닭이다.

팔짱을 끼고 깊은 생각에 잠겨 있던 장위안 대표가 입을 열었다.

"일단 반박 기사 먼저 냅시다. 이 사진 때문에 쉽게 믿진 않겠지만, 이쪽에서 아니라고 하는데 더는 우길 방법이 없겠죠."

"안 그래도 TG엔터테인먼트 쪽에서 연락이 왔습니다."

"그쪽에선 뭐라고 하던가요?"

"스캔들이 진실이 아니니 동시에 부인하고 반박 기사를 내자고 합니다."

누가 먼저라 할 것 없이 고개를 끄덕였다.

지금 상황에선 그게 최선이다. 이대로는 수뿐만 아니라 지아도 타격이 클 것이다.

문제는 반박 기사를 낸다고 해도 대중들이 믿어줄지는 미지수란 것이다.

'또 이런 식인가?'

지금 할 수 있는 최선은 반박 기사를 내고 사태의 추이를 지켜보는 게 다라는 게 답답했다.

슈퍼스타Z 출연 이후로 수는 줄곧 언론과 자주 충돌하고 말썽에 휘말렸다. 그건 수 본인의 의지와는 상관없이 벌어진 일이다.

언론은 어떻게 하면 수를 이용해서 자극적인 기사를 써서 대중들의 호응을 얻어낼까 궁리만 했다.

생각해 보면 참 짜증 나고 화가 난다.

따지고 보면 늘 당하기만 하던 건 수였다. 중국에서 여론의 집중포화를 받아 폄한기류가 흘렀을 때, 기자회견에서 진심을 외치지 않았다면 지금의 수는 있을 수도 없었을 것이다.

'그때와 지금은 달라. 왜 또 내가 당해야만 하지? 왜 이용당해야만 하냐고.'

지금까지 수는 약자였다.

매체의 힘은 무지막지해서 일정 조건이 수반되어야만 영향력을 발휘할 수 있는 연예인과는 질적으로 달랐다.

'차분하게 생각해 보자.'

수는 감정을 잠시 구석으로 밀어두었다. 꼭 바둑의 수싸움을 하듯이 철저히 이성을 앞세워서 수읽기에 들어갔다.

'역지사지. 반대의 입장에서 생각해 보자.'

바둑을 둘 때, 가끔 까막눈이 되는 경우가 있다. 평소의 바둑과 달리 아주 간단한 수를 못 보고 놓치거나 뭐가 최선의 수인지 가늠이 안 될 때 그런 표현을 쓴다.

그때 가장 좋은 방법은 상대의 입장에서 다시 생각하는 것이다.

내가 상대라면 뭘 노릴까? 어떤 이득을 봐야 이 판을 잡을 수 있을까?

수 역시 그걸 노렸다.

'나와 지아 씨는 결백해. 그 말은 더 이상 까도 나올 것이 없단 말이지.'

지금 파파라치에게 찍힌 사진 대부분이 몇 달 전 것들이다. 최근 수와 지아의 접촉이 없었던 만큼 찍힌 사진도 없었던 것이다.

수는 생각했다. 저쪽에서 내세울 카드는 이걸로 끝났다.

'반대로 내가 이 사태를 이용하는 건 어떨까?'

생각이 들자 그다음 수순도 빠르게 머릿속에 두어졌다.

혼자만의 상념에 빠져 대책 논의를 남 일 대하듯이 하고 있던 수가 입을 열었다.

"이건 어떨까요."

"어떤?"

"판은 이미 커졌어요. 반박 기사를 내기야 하겠지만, 대중들은 믿어주지 않겠죠?"

"아마도 그럴 겁니다."

부정하지 못한다.

대중들은 본인이 원하는 대로 믿고 싶어 하는 경향이 짙다.

"그럴 거면 이 스캔들을 우리가 유리하게 이용하는 건 어떻습니까?"

"이용을 한다고요?"

생각지도 못한 접근에 장위안 대표와 송정규, 김남재의 귀가 번뜩 뜨였다.

하지만 재기 넘치는 제안인 건 분명한데 구체적인 무언가가 잘 그려지지 않는다.

"가장 눈에 보이는 방법으로는 곧 발매될 제 앨범의 홍보에 이용하는 겁니다. 시작은 가볍게 노이즈 마케팅을 하는 거죠."

노이즈 마케팅.

각종 구설수에 휘말리게 하여 이목을 집중시켜서 상품의 판매를 극대화시키는 마케팅이다.

"그거 괜찮은데요?"

장위안 대표가 구미가 당기는 표정을 지었다. 그러자 수가 재차 말을 이었다.

"예를 들면 이런 겁니다. 아까도 말했지만 오늘 스캔들 반박 기사를 낸다 해도 아무도 믿어주지 않겠죠?"

"네."

"그런 때에 티저 영상을 뿌리는 겁니다."

"이럴 때요? 그럼 무슨 의미가 있는 거죠?"

어떤 효과가 있는지 잘 이해가 가지 않는 듯 송정규가 물었다.

"신곡 그저, 사랑해는 제 경험을 바탕으로 은은 씨에게 해주고픈 말들을 노래로 쓴 겁니다. 그걸 네티즌과 대중들에게 알리는 거죠."

"이해가 안 가네요. 이 일과 신곡을 알리는 게 무슨 연관성이 있는 건지?"

"왜 없나요? 제가 진짜 사랑하는 사람이 있다는 썰도 넌지시 흘리게 되는 건데."

"……!"

수의 발언에 다들 깜짝 놀랐다.

"네? 뭐라고요?"

"방금 하신 말 진심입니까?"

수와 고은은의 관계는 철저히 감춰야 한다. 이 사실이 밝혀지는 것과 동시에 수는 엄청난 타격을 입을 것이다.

"제가 사랑하는 여자가 있다. 이것만으로도 이슈감 아닌

가요?"

"그, 그건 그렇지만……."

"이 파동을 이용하는 거죠. 단! 그 여자가 은은 씨인 건 밝히지 않을 겁니다. 그저 내가 사랑하는 누군가가 있음을 짐작하게만 하는 거죠."

"그다음은 어떻게 되는 겁니까?"

"더 궁금해하고 안달이 날 겁니다. 지아는 아니라고 했는데, 긴 거 같기도 하고…… 누가 언급이 되든 흘러가게 두는 겁니다. 전 여친 아름이 나올 수도, 어쩌면 은은 씨의 이름이 거론될 수도 있을 겁니다. 그러나 확신은 갖지 못하고 추측만 하겠죠."

"자, 잠깐만요."

김남재가 끼어들어서 말을 잘랐다.

"죄송한데요, 이사님. 도저히 이해가 안 갑니다. 그렇게까지 해서 우리가 얻을 수 있는 게 뭡니까? 노이즈 마케팅이라고 하셨는데 길게 보면 득보단 실이 많아 보이는 게 사실입니다."

김남재는 고개를 갸웃거렸다.

이건 실이다.

수는 스타고 아시아에 많은 여성 팬을 거느렸다. 사랑하는 여자가 있다는 걸 밝히는 것은 이유를 막론하고 인기에 타격이다.

송정규도 말을 덧붙였다.

“저도 같은 생각입니다. 이런 스캔들은 마이너스적 요소이지 분명한 득이 없어요. 그런데도 스캔들의 여지를 계속 남긴다는 건 좀 이해가 안 가요.”

그도 쉽게 납득이 가지 않는 모양이다. 몇 번이고 생각을 다시 하고 수의 의견을 존중하려고 했지만 이번만큼은 설득력이 떨어졌다.

“…….”

그러나 단 한 사람 장위안 대표만큼은 한마디 말도 없었다. 그는 마치 수가 이러는 이유를 알고 있는 듯한 태도를 취하고 있었다.

결국 송정규와 김남재의 이해를 돕기 위해서 입을 열었다.

“예방주사.”

“예방주사?”

“뜬금없이 그게 무슨 말이니까?”

두 사람이 동시에 고개를 돌며 반문했다.

장위안 대표는 입술을 매만지며 말을 이었다.

“수 씨의 말대로 하면, 대중들의 시선을 돌릴 수가 있거든.”

“시선을 돌린다고요?”

“쉽게 생각하면 돼. 지아 씨 SNS를 통해 유출된 초근접 셀카는 수 씨의 이미지에도 타격이야. 이미 그 상태로도 미심쩍은데 SNS 비공개 사진이었다는 것만으로도 대중들은 쉽게 의심을 풀지 않을 거고.”

“그, 그죠.”

“그 의심을 풀고 로맨틱 가이로 이미지를 바꾸는 데 이 일을 할 이유가 있는 거야. 다시 말해서 티저 영상을 공개하며 이 얘기가 수 씨의 실제 사연과 진심을 담은 일이라는 걸 전하며 분위기를 환기시키는 거지. 맞죠, 수 씨?”

장위안 대표가 슬그머니 묻자 수가 환히 웃으며 끄덕였다.

“그 얘기가 제 얘기입니다.”

“근데 여기엔 맹점이 있는 거 아시죠?”

잠시 말을 끊었던 장위안 대표가 차분하게 말을 이었다.

“비공개 사진에 대한 근본적인 해결책은 아닙니다. 근데도 수 씨가 이 얘길 꺼내고 밀어붙인 데는 그만한 이유가 있겠죠?”

“절 너무 잘 아신다니까.”

수가 씨익 웃었다.

장위안 대표가 따라 웃으며 김남재와 송정규에게 설명했다.

“결론은 그거야. 대중들을 혼란스럽게 하는 거지. 지금 수 씨가 실제 사연으로 언급하며 고마움을 표현한 곡의 여주인공이 누구냐는 의문을 계속 던져 주는 거지."

"……."

"지아 씨여도 좋고, 아니어도 좋아. 대중들이 수와 지아 씨의 썸이라고 봐도 좋고. 수 씨의 짝이 누구인지 상상의 여지를 주는 거니까."

김남재와 송정규의 이마에 새겨진 주름이 지워지질 않는다. 너무 아리송하고 추상적인 얘기라서 좀처럼 이해가 가지 않아서다.

"두 사람의 표정이 똑같네. 이 의미 없는 짓을 왜 하는 건지 이해가 할 수가 없다는."

"솔직히 말해서 그렇습니다."

"저도요."

장위안 대표는 그간 하지 못했던 이야기를 조심스럽게 꺼냈다.

"단도직입적으로 설명하자면, 수 씨가 노래에서 가사로 쓰고 미안하고 고마워한 여자, 고은은 씨를 당당하게 소개하기 위해서지."

"잠깐만요. 그냥 밝히면 되지, 굳이 이 상황에서 그런 번거로움까지 감수해야 합니까?"

"어, 해야 해."

반발에 장위안 대표가 단호하게 대답했다.

송정규가 재차 물었다.

"왜죠? 뭐 때문입니까?"

"그 대답은 제가 드리죠."

수가 잠시 숨을 고르고 작심한 듯 얘기했다.

"은은 씨의 뱃속에 제 아이가 자라고 있습니다. 벌써 15주차에 접어들었네요."

"……!"

"뭐, 뭐라고요!?"

임신 소식을 처음 접한 송정규와 김남재는 까무러치게 놀랐다.

고은은과의 교제 사실은 얼마 전에 알았으나, 설마 하니 속도위반, 그것도 15주차 정도나 되었을 줄은 짐작도 하지 못했다.

충격받은 두 사람에게 장위안 대표가 말했다.

"이제 알겠어? 왜 언질을 줘야만 하는지. 그래야만 차후 임신 사실이 알려졌을 때 대중들이 받을 충격이 덜하고 자연스럽게 받아들일 수 있을 테니까."

"……."

조금은 말귀를 알아들을 것 같았다.

지아와의 스캔들은 극구 부인하면서, 이 타이밍에 발표하는 신곡으로 수가 사랑하고 미안해하며, 함께 미래를 그리고 싶은 여자가 있음을 암시한다는 소리다.

또 지금은 지아가 있어서 고은은에게 쏠리는 관심을 돌리는 효과도 가질 수 있다. 그것만으로도 차후 고은은의 존재와 수의 아이가 있음에 네티즌들이 받을 충격을 조금이나마 줄일 수 있게 된다.

갑자기 튀어나와 수의 여자고 아이라고 하는 것과 이렇게 한 번 쿠션을 마련하는 것 사이에 대중들이 받아들일 충격 차이가 크다는 걸 인지하고 사전에 예방하는 것이다.

그래.

수는 이번 사태를 잘 이용해서 차후 고은은을 공개했을 때 네티즌과 대중들이 '아, 저 여자였어' 라는 느낌으로 받아들이도록 만들고 싶은 것이다.

"다 그렇다 칩시다. 그러면 아까 말씀하신 비공개 사진에 대한 해결책은 뭡니까?

답답함을 참지 못한 송정규의 물음에 수가 의미심장하게 웃으며 대꾸했다.

"위기일수록 피하기보다는 정면 돌파를 택해야 하는 법이죠."

"돌파라면?"

"지아가 그러더군요. 어차피 이렇게 된 거, 열 받아서 못

참겠다고."

"지, 지아 씨가요?"

수가 씨익 웃었다.

"차인 것도 서러운데 엮인 것도 짜증 난다고 이 기회에 제대로 털어버리겠다고 합니다. 본인이 뮤비에 출연하고 싶다고 하더군요. 그것도 노개런티로."

"지, 진짭니까?"

"거기에 전 한술 더 뜨려고요. 신곡 그저, 사랑해에 지아의 내레이션 추가하겠습니다. 이 정도 쿵짝은 맞춰줘야 하지 않나요?"

"……!"

이런 말이 있다.

어긋난 걸 바로 잡기 위해선 더 어긋나야만 한다고.

두 사람이 바로 그 짝이었다.

『내일을 향해 쏴라』 19권에 계속…